重庆市出版专项资金资助

U0726780

中国非物质文化遗产通识读本

小书大传承

中国民间故事

刘守华 张晓舒 祝久红 著

重庆出版集团 重庆出版社

图书在版编目（CIP）数据

中国民间故事 / 刘守华，张晓舒，祝久红著 . — 重庆：重庆出版社，2019.10
（2024.1重印）
ISBN 978-7-229-13969-8

Ⅰ.①中… Ⅱ.①刘…②张…③祝… Ⅲ.①民间故事—作品集—中
国 Ⅳ.① I277.3

中国版本图书馆 CIP 数据核字 (2019) 第 219291 号

中国民间故事
ZHONGGUO MINJIANGUSHI

刘守华　张晓舒　祝久红　著

丛书主编：王海霞　徐艺乙
丛书副主编：邰高娣
丛书策划：郭玉洁
责任编辑：李云伟
责任校对：何建云
装帧设计：王芳甜

重庆出版集团
重庆出版社 出版

重庆市南岸区南滨路162号1幢　邮政编码：400061　http://www.cqph.com

三河市南阳印刷有限公司印刷
重庆出版集团图书发行有限公司发行

E-MAIL:fxchu@cqph.com　邮购电话：023-61520417

全国新华书店经销

开本：710mm×1000mm　1/16　印张：12　字数：120千
2021年6月第1版　2024年1月第2次印刷
ISBN 978-7-229-13969-8
定价：58.00元

如有印装质量问题，请向本集团图书发行有限公司调换：023-61520678

目录 CONTENTS

前　言

　　亲爱的读者，你有没有听过长发妹的故事，被长发妹舍己为人，用生命为村民们换来水源的奉献精神所打动？你有没有读过阿凡提的故事，为阿凡提运用自己的智慧战胜贪婪的巴依老爷而击节叫好？那你一定看过灰姑娘的故事，为纯洁善良的灰姑娘最终获得了幸福生活而欢欣，还有小红帽的故事，在看望外婆的路上，她遇见了可怕的大灰狼，由此开始了一次历险之旅……

　　当我们还是孩童的时候，这些美妙的民间故事，就像《一千零一夜》里的阿拉丁神灯，一次次带给我们惊喜，一次次带给我们希望，照亮了我们的童年，给我们带来了无尽的欢乐。当然，阅读民间故事并不是儿童的专利，即便在我们长大成人之后，我们依然能从这些民间故事中获得美妙的阅读体验。美国学者珍妮·约伦曾经这样描述民间故事在我们生活中所起的重要作用：

　　在爱尔兰，除了战时之外，弹唱诗人的地位仅次于国王。在西伯利亚，伐木工、渔民或猎人合作社都会聘请讲故事者来消磨他们的余暇。伊凡雷帝，临睡前总要让三个盲人在他榻前讲述故事。在非洲，这类人被称作"格里奥特"，他们是社会的重要成员，他们为各宗族续家谱，为首领出谋划策，并以故事形式记录历史。甚至在今天，匈牙利军队中仍然保持着数百年留下来的习俗。熄灯以后，人们可以要求任何一名士兵讲故事，假如他讲不出，便要受惩罚，惩罚的形式是：那个士兵必须对着火炉大声叫道："啊，妈妈，你怎么把我培养成这么一头蠢驴，它连故事也不会讲！"

诺贝尔文学奖获得者，中国作家莫言在诺贝尔奖的获奖词中就说过，听故事是人类最重要的天性。在现实生活中，我们总免不了会遭受一些挫折，经历一些磨难，所以，我们需要从故事中获得安慰，得到快乐。现实的生活总是平淡而平凡的，所以，在经历辛苦的学习和工作生活之余，我们需要在故事的帮助下让自己生出想象的翅膀，忘掉日常生活的艰辛与疲惫，使平凡的岁月蒙上一层光辉的色彩，使平淡的生活增添乐趣和希望。而民间故事则以其丰富的故事蕴藏量、精彩的故事情节、栩栩如生的人物形象、贴近现实的生活情趣，成为我们可以从中受益无穷的文化遗产和精神食粮。

让我们跟随本书，进入民间故事的奇妙世界。在精彩缤纷的动物故事、生活故事、幻想故事中，领略故事带给我们的快乐和感动。相信阅读这本书，一定会让你享受到一段愉快的心灵之旅。

第一章
民间故事概说

一、什么是民间故事

——民间故事的广义与狭义

"民间故事"一词的英文是 Folktale。在我国民间，各地对"民间故事"的称呼略有不同，如"讲古话""讲瞎话""讲大头天话""摆龙门阵"等，但仍以"故事"一说最为普遍。"故事"之名很早就见于中国典籍，最先指"旧事"，如司马迁在《史记·太史公自序》中就写道："余所谓述故事，整齐其世传，非所谓作也。"意思是他只是把前代留传下来的旧事整理记载下来，并非自己创作。随后据传出于班固笔下的《汉武故事》一书问世，"故事"作为叙事体裁名称的用法就流行开来。

民间讲述故事的活动在我国源远流长，最早恐怕要追溯到无文字的原始社会时期，时至今日，讲故事的风气依然十分盛行，深受民众喜爱。

冬季是农闲季节，寒夜又那样漫长，于是，躺在温暖的炕头上，或围坐在火盆边，嘴里吧嗒着旱烟袋，也许手里纳着鞋底等活计，手不闲，嘴也不闲地讲述着。夏季挂锄时节，夜晚坐在大树底下，或在庭院里，以此来消磨暑天的酷热。秋后扒苞谷米或扒蚕茧，需要人手多，讲故事会吸引来劳动帮手，还会忘记了疲劳。[1]

这里讲述的是辽宁岫岩县满族居住地区讲故事的场景。文章写于上世纪80年代初，所记述的却是从古代沿袭而来的讲述传统。清同治十三年（1874），文人许奉恩对他家乡安徽乡村讲故事的情形也有生动描述：

其或农功之暇，二三野老，晚饭杯酒，暑则豆棚瓜架，寒则地炉活火，促膝言欢，论今评古，穷原竟委，影响傅会。邪正善恶，是非曲直，居然凿凿可据，一时妇孺环听，不自知其手舞足蹈。言者有褒有贬，闻者忽喜忽怒。事之有无姑不具论，而借此以寓劝惩，谁曰不宜？[2]

中国大部分地区从事农业生产，农闲时节便是讲故事的大好时机。上述两段文字展现了我国从南到北广大地区口头讲述故事活动的典型情景。可见，讲故事不仅是民众表现生活、传达情感、记忆历史、认识现实的主要方式，也是他们自我娱乐、自我教育、从事艺术创造的重要手段。这些优美动听的故事伴随人们度过无数美好的时光。

作为民间文艺学的重要术语，民间故事的概念有广义和狭义之分。广义的理解，把民众所有口头讲述的散文体叙事作品都叫民间故事，如段宝林在《中国民间文学概要》中说："民间故事是人民口头创作中叙事散文作品的总称，按题材内容及流传的不同情况可分为神话、传说、生活故事、笑话、寓言、童话等六类。"[3]在民间文学研究的实际工作中，常常采用这种粗略的分类法。我国各地编印的"民间故事集"中，就包括了上述各类散文故事。而狭义的理解，则指神话、传说以外的那部分口头叙事散文故事。如《简明不列颠百科全书》就把"民间传说（folklore）"和"民间故事（folktale）"并列，对民间故事条目解说道：

以口头方式代代相传的，有传统内容的散文体故事。民间故事具有常常

1 张其卓：《这里是"泉眼"——搜集采录三位满族民间故事讲述家的报告》，见《满族三老人故事集》，第589页，春风文艺出版社1984年版。
2 许奉恩：《兰苕馆外史》，第16页，黄山书店1996年版。
3 段宝林：《中国民间文学概要》，第41页，北京大学出版社1985年版。

不带宗教意义的神话成分，但许多学者并没有在神话和民间故事之间作出严格的划分。在各种类型的民间故事里，都有母题（如受人喜爱的动物、介壳、死者的还魂）和情节梗概（类型）两部分。民间故事在各种文化中互相交流并能转变成书面文学，或从书面文学变成口头流传形式。民间故事的种类有童话和家庭故事、地方传说、圣者传奇、动物故事、恶作剧故事、英雄故事、笑话及解释某一自然现象、动物特点，或社会习俗何以如此的起因故事。[1]

广义的民间故事概念在实际工作中虽然有它适用的价值，但在民间文艺学中，对民间故事的理解主要是狭义的。世界各国学术界早已将神话从民间故事中分离出来，作为单独的研究对象，建立神话学并获得了长足进展；而且以故事和传说而论，也有了比较明确的界说。如丁乃通在编撰《中国民间故事类型索引》时，就是按照国际学术界的惯例，既剔除神话，又努力同传说相区分而确定中国民间故事的合理范围[2]。现在，除神话学、故事学在国际上早已形成外，传说学也在兴起。因此，我们在本书中给大家介绍的也是狭义的民间故事概念。

---

1 《简明不列颠百科全书》第六卷，第3页，中国大百科全书出版社1986年版。
2 〔美〕丁乃通：《中国民间故事类型索引·导言》，第7—9页，中国民间文艺出版社1986年版。

二、民间故事的界限

—— 民间故事与神话、传说之比较

神话、传说和民间故事是民间散文作品中三种并行的文学体裁。通常在人们的印象之中，创造于人类童年时期的神话具有神奇瑰丽的色彩，如山花般盛开的民间传说则彰显着历史文化的底蕴，而民间故事的体裁特征又是什么？我们该如何划分它们之间的界限呢？

1. 民间故事与神话

神话是一种古老的文学体裁，在民间文艺学界有广义与狭义之争。持广义神话说的学者，不但将原始神话，关于历史人物、节日、法术、宝物、风习、地方风物的传说，来源于佛经的故事，古老的童话和寓言包括在神话范围之内，甚至还把关于"飞碟""雪人""人体特异功能"等"世界之谜"的传闻，作为新时代的"文明神话"来看待。这显然不符合现代民间文艺学的发展趋向，难以使人赞同。我们赞同狭义神话说，即神话的范围限于原始神话。刘魁立在《神话及神话学》一文中说："神话是生活在原始公社时期的人们通过他们的

原始思维不自觉地把自然界和社会生活加以形象化、人格化，而形成的幻想神奇的语言艺术创作。"[1]神话主要产生于原始社会和阶级社会初期，当时社会生产力低下，人们只能从事采集和渔猎活动，后来才有了畜牧业和农业生产。生产力低下既限制了人同自然斗争的能力，也限制了人的意识和思维的发展。当时的人们甚至不能在观念上把自己同周围的世界分开，于是他们通过类比的方式，把人类自身具有的知觉、意志、感情等特征加之于一切自然物，创造出种种英雄、神人形象及神话故事来。

神话的主要内容是解释天地、人类起源和文明创造，表现人和自然的矛盾及征服自然的斗争，对原始社会末期的社会生活，如部落起源及迁徙、部落战争等也有反映。神话所涉及的广博内容，决定了它是整个原始文化的重要组成部分。从艺术创作的角度来看，神话不仅体现了人类渴望征服自然与自身的积极精神，其想象力的宏伟与超拔也具有无穷的艺术魅力。如盘古开天辟地和垂死化身的神话就富有恢宏的气势：

---

1 刘魁立：《神话及神话学》，《民间文学论坛》1982 年第 3 期。

天地混沌如鸡子，盘古生其中，万八千岁，天地开辟，阳清为天，阴浊为地。盘古在其中，一日九变，神于天，圣于地，天日高一丈，地日厚一丈，盘古日长一丈，如此万八千岁。天数极高，地数极深，盘古极长。后乃有三皇。[1]

首生盘古，垂死化身：气成风云，声为雷霆，左眼为日，右眼为月，四肢五体为四极五岳，血液为江河，筋脉为地理，肌肉为田土，发髭为星辰，皮毛为草木，齿骨为金石，精髓为珠玉，汗流为雨泽，身之诸虫，因风所感，化为黎甿。[2]

女娲补天、羿射九日、精卫填海、夸父逐日等也足以表现远古祖先想象力的丰富和精神活动的自由。神话的幻想是那样丰富、神奇、无拘无束，它的思想和情感是那样昂扬向上、热情奔放，神话所创造出的丰富的神话意象一直活在文学艺术和民俗生活之中，对民族文化传统的形成和发展产生了深远影响。

民间故事中以写实手法反映现实生活的各类生活故事，与神话的界限十分明显，不易混同。但是，民间故事中幻想性较强的童话、寓言和神话的界限则不易区别，常被人弄得混淆不清。譬如妇孺皆知的《愚公移山》，有人说是寓言，也有人把它列入古神话之中。为人们所津津乐道的《田螺姑娘》和《龙女》一般人视为童话，也有人把它们作为神话处理。刘守华在《民间童话和神话、传说》一文中，指出了民间童话（包括民间寓言）区别于神话的艺术特征之所在。他说民间童话是自觉地运用艺术虚构的手法来反映人民生活与理想愿望的口头创作。由于其中的种种幻想，不再像神话那样，同人们的原始思维（包括原始宗教信仰）联系在一起，所以它具有不同于神话的明丽色彩、愉快活泼的情趣和引人入胜的魅力。

神话乃是人民群众借幻想对自然和社会所作的一种不自觉的艺术加工，这一出自马克思《〈政治经济学批判〉导言》的精辟论断，现已成为国际上许多民间文艺学家辨析神话艺术和童话等民间故事之不同特征的主要依据。此

---

1 《艺文类聚》卷1引徐整《三五历纪》。
2 《绎史》卷1引徐整《五运历年记》。

外，神话不同于童话的另一个主要特征是，在远古先民看来，神话是一种真实而又神圣的存在。意大利著名学者维柯曾说："神话故事在起源时都是些真实而严肃的叙述，因此神话故事(mythos)的定义就是'真实的叙述'。"[1] 马林诺夫斯基则从功能主义的角度理解神话，他说："神话不是聊以消遣的故事，而是积极努力的力量；它不是理性解释或艺术幻想，而是原始信仰与道德智慧的实用宪章。"[2] 可见，原始社会的神话在仪式、道德与社会组织中所扮演的特殊角色，使它不同于一般意义的叙事，正如阿兰·邓迪斯所言：

神话是关于世界和人怎样产生并成为今天这个样子的神圣的叙事性解释……其中决定性的形容词"神圣的"把神话与其他叙事性形式，如民间故事这一通常是世俗的和虚构的形式区别开来……术语神话(mythos)原意是词语或故事。只有在现代用法里，神话这一字眼才具有"荒诞"这一否定性含义。照通常说法，神话这个字眼被当作荒诞和谬论的同义词。你可以指责一个陈述或说法不真实而说"那只是一个神话"（名词"民间传说"和"迷信"可能产生相同效果），但是……不真实的陈述并非是神话合适的涵义。而且神话也不是非真实陈述，因为神话可以构成真实的最高形式，虽然是伪装在隐喻之中。[3]

关于神话艺术与幻想性民间故事的区别，苏联1980年版《世界各民族的神话·绪论》作了很好的总结："关于神话与幻想故事的区分，当代民间文艺学家作了下列论断：神话是为神幻故事的先导；神幻故事较之神话，

---

1 [意] 维柯：《新科学》(The New Science，1725年出版)，第135页，人民文学出版社1987年版。
2 [美] 阿兰·邓迪斯编：《西方神话学读本》，朝戈金等译，第244页，广西师范大学出版社2006年版。
3 [美] 阿兰·邓迪斯编：《西方神话学论文选·导言》，朝戈金等译，第1页，上海文艺出版社1994年版。

释源功能则有所减（或丧失殆尽），对所述神幻事件之真实性的笃信亦有所减，而自觉的构思则有增无已（神话创作具有不自觉的艺术的属性），如此等等。"因此，在区别神话和幻想性民间故事时，我们应着眼于整体，着眼于它们的基本构思。不能将那些因吸取某些神话形象、神话幻想情节、神话艺术手法因而染上某种程度神话色彩的故事作为神话来看待。关于《愚公移山》，正如袁珂在《古神话选释》中所指出的，就《列子》中的文字来看，显然是一篇寓言；结尾则是神话式的幻想，"或亦有古神话的渊源，而为哲学家加以改造、利用来阐发它的哲理"[1]。至于《龙女》《田螺姑娘》，女主人公形象虽有神话色彩，就整体而观，却是童话艺术发展到成熟阶段的产物，是民间童话艺术宝库中被世人广泛传诵的珍品。

2. 民间故事与传说

民间传说是同一定历史人物、历史事件以及自然风物、地方古迹、社会习俗等相关联的口头叙事文学。传说以历史的、现实的事物为中心来展开叙述，这些客观存在的事物因处于传说的核心地位，又称为"传说核"。传说核的对象包括人物、事件、古迹、风物和习俗等是属于特定区域的，传说流传的范围也大致由这个特定区域所框定，因此，每个传说流传的地区或范围叫做"传说圈"。

传说与民间故事之间有着明显的区别：传说总是与一定的纪念物相关联，围绕纪念物（即传说核）展开叙事；而民间故事则无须围绕客观实在物构建故事，如果说有些故事中出现客观实在物，它也不是故事叙述的中心，只是作为情节的需要而设置。传说在叙述时常常有明确的时间、地点和人物，并采用种种手法渲染其真实可信；民间故事所讲的事件和人物大多不具有确定性，经常泛泛地说故事发生在"从前""某个地方""有这么一家子"，故事的主人公或者没有名字，或者虚拟一个本民族中常用的名字，在讲述过程中也不像传说那样努力造成事件真实可信的感觉，而是尽力暗示其普遍性和虚构性，因此许多地方也将民间故事称为"瞎话"。

由于传说总是包含历史的、实在

---

1 袁珂：《古神话选释》，第154页，人民文学出版社1979年版。

的因素，以明确的人物、地方、史事、风俗等为对象，有的民间文艺学家便据此认为传说是历史的，故事是文学的。然而，我们真能以此作为两者的界限，将民间传说体裁的历史性绝对化？钟敬文先生在《传说的历史性》这篇短文里写的一段话是很精当的，他说：

　　一般的传说，是依据着一定的历史事实所虚构起来的故事。这原是跟一般的神话、童话相像的，但是由于在叙述的形式上它往往关联到实际的历史上有名的人物、事件或真实的地方、事物，它就好像特别具有历史的性质。其实，除了很少数是历史上的个别事件或著名人物轶事的加工结果，过去的传说绝大部分是一种根据一般社会历史所提供的素材的文艺创作，其中不少还是幻想性很强的创作。

　　中国著名的四大传说：孟姜女寻夫、牛郎织女、白蛇传、梁山伯与祝英台。每一则传说都讲述了一段凄婉

动人的爱情故事，每一个爱情故事里都有一对深受民众喜爱的情侣形象，特别是故事里的女主人公都聪明美丽、情深意重、敢作敢为、深入人心。但就故事情节而言，四大传说并无多少历史依据，主要出自艺术的虚构，如孟姜女哭倒长城、牛郎织女鹊桥相会、白娘子为救许仙盗取仙草、梁山伯与祝英台化蝶相伴。这些富有传奇性的故事和优美的意境经过历史的千锤百炼，传达着普通民众的理想和愿望，是中国传统文学艺术中的瑰宝。尽管故事情节出自虚构，但是由于它们都与特定的风物和节俗相关，如牛郎织女传说不仅与天上的牛郎星、织女星相契合，还与七夕乞巧节俗融合起来，白蛇传也是以西湖风光为讲述背景，其间还穿插了端午节喝雄黄酒等情节内容，因而被渲染了某种历史的色彩，成为我国传说中的四大经典。可见，传说虽然离不开历史，但却不能当作信史看待。那种认为传说是历史的，故事是文学的观点，是有失偏颇的。

传说和故事的界限在一般情况下是明显的，但有时也难以区分。同一篇作品，既有人把它看作故事，也有人把它看作传说，这样的例子很多。牛郎织女本是我国四大传说之一，但由于其

中包含天鹅处女型故事的主要情节，有的故事学家也把它作为流播全世界的天鹅处女型故事的异文来研究。这种情况的出现，除了同人们对传说与故事体裁特征的认识不一致之外，还同传说与故事这两种体裁存在互相转化的复杂性有关。传说与故事在流传的过程中，常常形成彼此之间互相渗透、互相转化的有趣现象。

互相转化，一是故事传说化。故事体裁本来是以通称的人物、广泛的背景来展开叙述的，有时人们让它落脚到一个地方，同具体的人物、确定的背景、实际的风物联系起来，具备了传说的特征，于是故事传说化了。例如《田螺姑娘》，叙述田螺化作美好女性，同农民结合，创造幸福生活的故事，本是一则典型的童话，可是晋人《搜神后记》中所载的《白水素女》，把故事发生的地区确定为"晋安郡"，说男主人公叫"谢端"，还说螺女回归天河后，谢端建祠祭祀，因而至今留下"素女祠"。这就是故事向传说转化的一个典型例证。

晋安帝时，侯官人谢端，少丧父母，无有亲属，为邻人所养。至年十七八，恭谨自守，不履非法。始出居，未有妻，

邻人共愍念之，规为娶妇，未得。端夜卧早起，躬耕力作，不舍昼夜。

后于邑下得一大螺，如三升壶。以为异物，取以归，贮瓮中。畜之十数日。端每早至野还，见其户中有饭饮汤火，如有人为者。端谓邻人为之惠也。数日如此，便往谢邻人。邻人曰："吾初不为是，何见谢也。"端又以邻人不喻其意，然数尔如此，后更实问，邻人笑曰："卿已自取妇，密著室中炊爨，而言吾为之炊耶？"端默然心疑，不知其故。

后以鸡鸣出去，平早潜归，于篱外窃窥其家中，见一少女，从瓮中出，至灶下燃火。端便入门，径至瓮所视螺，但见壳，乃至灶下问之曰："新妇从何所来，而相为炊？"女大惶惑，欲还瓮中，不能得去，答曰："我天汉中白水素女也。天帝哀卿少孤，恭慎自守，故使我权为守舍炊烹。十年之中，使卿居富得妇，自当还去。而卿无故窃相窥掩。吾形已见，不宜复留，当相委去。虽然，尔后自当少差，勤于田作，渔采治生。留此壳去，以贮米谷，常可不乏。"端请留，终不肯。时天忽风雨，翕然而去。

端为立神座，时节祭祀，居常饶足，不致大富耳。于是乡人以女妻之。后仕至令长云。今道中素女祠是也。[1]

唐代皇甫氏《原化记》中所载的《吴堪》亦叙此事，地点变为"常州义兴县（今江苏宜兴）"、男主人公换作"县吏吴堪"。这个传说化的故事一直流传至今，《中国地方风物传说选》中的《螺女江》，即从上述故事演进而来，男主人公的姓名仍叫谢端，因他俩的结合遭到玉帝迫害，螺女化为田螺，沉入江中，因此人们便称这条江为"螺女江"，田螺化成的洲子为"螺女洲"。一些广泛流传的故事，人们出于对主人公的同情喜爱，常常把他们拉扯到自己的家乡安家落户，并以煞有介事的态度对故事加工渲染。这在中国民间文学中是很普遍的一种现象。

也有逆向转化，将传说变为故事的。英国民俗学家哈特兰德在《神话与民间故事》中，早就揭示出这个现象了。他说："有时传说可以转变得使人不知它属于何地，且不知是何人的经历。像这样成了新家，便有了存在活力，完全

1《搜神后记》第30-31页，中华书局1981年版。

脱离了特有人名和地名。换一句话说，这已成了童话了。"[1]《弃老国》的演变就有这种情况。汉译佛经中的《弃老国》，叙述"过去久远，有国名弃老。彼国土中，有老人者，皆远驱弃"。后因天神降灾，一幸存老人以丰富智慧转危为安，于是国王"即便宣令，普告天下，不听弃老，仰令孝养"。从此用"敬老"代替了"弃老"的习俗[2]。这是一个具有重要历史价值的反映人类对待老人习俗之转变的传说。它流传到全世界之后，有的改换了背景和人物，如湖北十堰市的《斗鼠记》，说古时位于鄂西北的麇国有一条这样的法规，凡是上了六十岁的老人都得送进"自死窑"，某大臣偷养老父，为国立功，才废除这一陋俗。至今人们还能指出那个被称作"自死窑"的漆黑山洞。它仍以传说的面目流传，所反映的可能是一种实际上遍及全世界的习俗变迁。但也有许多异文，完全脱离具体的背景、人物，趋于泛化，转变成一种道德教化故事了。河北的《金毛鼠》开头讲："相传我国古时候，曾经实行过人到六十岁活埋的制度。"非

洲的《孝敬的儿子》开头讲："从前有个头人，没有人喜欢他，因为他对老人和妇女很坏。"不仅背景、人物泛化，故事情节也趋于程式化，均以老人解难题为中心。显然，它已完全具备了故事的特征。

故事化的传说和传说化的故事怎样分类呢？李扬的《试论民间传说和故事的相互转化》一文中说，既然民间传说向故事转化的结果，仅存原传说的主要情节，具备了故事的特征，"因此传说转化为故事的各种类型都应列入民间故事一类中"。至于民间故事向传说转化，"既然具备了传说的特征，还是应当将它列入传说类，但应将它作为传说中一个特殊的类型来加以关注和研究"[3]。这个意见从理论上说是可以成立的，但在选编和研究的实际工作中却难以操作。我们以为还是把这类具有转化特征的作品，作为一种特殊的"两栖"类型来处理较为合适，即不论是传说化的故事，还是故事化的传说，都容许人们把它既作为故事，也作为传说来处理。把《螺女江》作

---

1 [英]哈特兰德：《神话与民间故事》，赵景深《童话论集》第37页，开明书店1927年版。
2 常任侠选注：《佛经文学故事选》，第109页，上海古籍出版社1982年版。
3 李扬《试论民间传说和故事的相互转化》，《民间文学论集》第二集，第128页，中国民间文艺家协会辽宁分会（内部资料）1984年版。

为地方风物传说来选编是可以的，同时它也是田螺姑娘童话的一个类型。如按情节型式来分类编排故事，只要基本情节类同，不论是原型故事还是经演变而带上传说特征，或由传说转化而来的，均可作为同一作品的异文归并在一起，以利检索和比较研究。

三、民间故事的大同小异与多姿多彩
——中外民间故事分类研究

民间故事具有世界性的特点，只要世界上有人类的地方，就有故事在流传。多姿多彩的故事宛如清澈的溪流在世界各地流淌，滋润着五大洲不同肤色人们的心田。尽管故事的数量有如恒河沙数，但是研究者们很早就发现，在不同区域流传的民间故事常常会出现大同小异的现象。也就是说，无论故事的数量有多么庞大，但是故事的情节类型却有限，许多故事不过是同一类故事的变体和异文而已。民间故事的这种类型性特点，使其分类研究成为一门世界性的学问，涌现出一些著名的民间故事分类学家和各具特色的故事分类方法。

1. 国际通行的"AT分类法"

在世界范围内影响最大，并为各国学术界所熟知的是"AT分类法"。1910年，芬兰学者安蒂·阿尔奈（Antti Aarne）发表《故事类型索引》一书，他分析比较了芬兰和北欧其他国家以及欧洲一些国家的民间故事，把同一情节

的不同异文加以综合，以简明的文字写出梗概提要，并根据一定的原则对这些故事情节进行分类编排。阿尔奈将他所掌握的故事分为三大类：动物故事、普通民间故事、笑话。他将故事编码设定为2000个，但书中实际仅收有540个类型，许多空码留待以后发现新资料时再作补充。阿尔奈的索引问世后，在许多国家引起强烈反响，开创了对大量民间故事材料作类型分析及编制索引的先河。但由于该索引主要以芬兰及北欧故事为基础，在内容上有很大局限性。

1928年，美国印第安纳州立大学的斯蒂·汤普森(Stith Thompson)出版了《民间故事类型索引》(The Types of the Folktale)一书。他对阿尔奈的索引作了重要的补充和修订，将所选资料扩大到整个欧洲、亚洲、美洲、大洋洲等广大地区，修正了故事情节提要，增加了各国资料出处，对一些流传较大、情节较复杂的故事类型进行了进一步的分解。1961年，该书再次修订后出版。这二人的分类体系成为国际上通用的故事类型分析法，被合称为"阿尔奈—汤普森体系"，简称"AT分类法"。"AT分类法"将故事划分为五大类，共有2500个故事类型，大致的分类及编码情况如下：

Ⅰ.动物故事（1—299号）

Ⅱ.普通民间故事（300—1199号）

    300—749 A.神奇故事

    750—849 B.宗教故事

    850—999 C.生活故事（爱情故事）

    1000—1199 D.愚蠢魔鬼的故事

Ⅲ.笑话（1200—1999号）

Ⅳ.程式故事（2000—2399号）

Ⅴ.未分类的故事（2400—2499号）

在上述大类之下，又分有小类；小类之下，有具体的故事类型。每一个故事类型对应一个编码，故事类型名称多以该类型中最流行的故事来命名，而故事编码则成为该故事的通用代码。如"三根魔须"即以《格林童话》中的同名故事命名，其编号为461，可用代号"A.T.461"来指称这一故事类型。《索引》依据它所搜集的故事资料，归纳出"三根魔须"的情节梗概：

Ⅰ.开头。一个青年人将成为国王女婿的预言。阻止这种婚姻的徒劳尝试。

Ⅱ.寻找魔鬼胡须。（a）英雄受嘱托去地狱探索，并带回三根魔鬼的胡须或（b）去寻找世界上最强有力或最聪明的人。

Ⅲ．问题。这个青年人在路上碰到人们提出的各种不同的问题，请他帮助寻找答案。

Ⅳ．寻找到了答案。(a)这个年轻人得到魔鬼妻子的帮助。(b)他把自己变成一只小虫躲藏起来。(c)魔鬼闻到人的气息却没有找到他。(d)在魔鬼妻子的帮助下他得到了对这些问题的答案。(e)他得到了三根魔须。

Ⅴ．报偿。(a)在回故乡的路上他回答了这些问题并得到了丰厚的报偿。

Ⅵ．国王当了摆渡人。(a)妒嫉的国王想仿效年轻人的行为。(b)摆渡人将船桨放在他手上，于是国王成了摆渡人。

学者们研究发现，每一个故事类型都由相同或相似的叙事单元构成，这些叙事单元成为故事类型最稳定的结构，是故事类型的"恒量"。在故事学中，这些"恒量"被称为"母题"。汤普森在《民间故事类型索引》中列出了"三根魔须"所包含的十几个母题，特别有价值的是，他还列出了分布于欧亚大陆二十几个国家或地区的五百多篇同类型异文的出处，给学者在世界范围内搜寻检索同类型的故事提供了极大便利。

当然，这部《索引》也有它的不足之处，主要是收录故事的范围还不够广泛，一些重要国家和地区的民间故事没有收录，中国的故事就收录得很少。正如汤普森所表示的，严格说来应该把它视作"欧洲、西亚及其民族所散居的地区的民间故事类型索引"，而不应作为"世界民间故事类型索引"来看待。此外，关于民间故事范围界限的确定，民间故事所含类别的划分以及类型编排的顺序等，也有许多不够合理之处。尽管如此，它仍不失为一部具有很大概括性和较高科学价值的国际通用的检索工具书。

2. 中国民间故事分类学

中国民间故事的类型研究和索引编纂开始于 20 世纪初期。早在 1931 年，钟敬文就发表了《中国民间故事型式》一文，归纳出 45 个故事类型，并写出各类型的情节提要，在这方面作出了开拓性的贡献。到 1937 年，德国学者艾伯哈德编纂的《中国民间故事类型》一书问世，搜罗 300 余种书刊，从近 3000 篇故事中归纳出 246 个故事类型，首次展现了中国民间故事艺术世界的整体风貌。在其刊行后的数十年间，成为欧洲民间文艺学界认识和研究中国民间故事的重要工具书。该书为德文本，1999年译成中文出版[1]。

1978年，美籍华人学者丁乃通积十年心血完成的《中国民间故事类型索引》出版，原著为英文，经著者亲自校订的中文版于1986年面世[2]。这本索引尽可能不涉及神话和传说，引用1966年之前有关中国民间故事的资料580多种，从7300多篇故事中归纳出843个故事类型，成为当前研究中国民间故事类型较权威的工具书。此书不仅搜罗广泛，内容丰富见长，还采用AT分类法和国际通用编码，首次把中国民间故事引入国际类型，为中外故事的比较研究提供了极大的便利。丁乃通在《中国民间故事类型索引·导言》中告诉我们："百分之几的中国故事类型可以认为是国际性的故事呢？本书列入了843个类型和亚型，仅有286个是中国特有的。就连这些也有少数和西方同类的故事差距并不很大，也有的类型在中国邻近地方，例如越南曾经发现过的。"有些研究中国民间故事的学者，曾经认为中国民间故事是自成系统的东西，它跟国际的民间故事类型很少相同，不少人赞同这一论断。

而丁乃通却通过宏观上的类型比较，有力地否定了这个说法。正如贾芝所评论的："对于我国研究者，这本书是引向与世界民间故事进行比较研究的桥梁；对于国外学者，这本书则是将他们领入中国民间故事宝库的大门。"[3]

1982年刘魁立先生撰写长文《世界各国民间故事情节类型索引述评》，系统介绍了国际民间文艺学界编撰索引的缘起，以及芬兰、美国、中国及其他地区编撰故事类型索引的具体情况，他热情倡导研究者在现有研究的基础上，编撰某个民族或地区的民间故事索引、不同历史时代同一类型的民间故事索

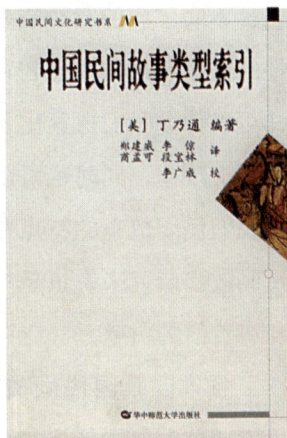

1 [德]艾伯华：《中国民间故事类型》，商务印书馆1999年版。
2 [美]丁乃通：《中国民间故事类型索引》，中国民间文艺出版社1986年版。
3 贾芝：《中国民间故事类型索引·序》，中国民间文艺出版社1986年版。

引、不同民族的双边或多边，乃至全国性的民间故事类型比较索引，他认为这样可以帮助我们探索出各民族文化交流的历史规律，同时也可以更加深入地认识我们民间故事的特点和本质，对世界民间故事研究来说也是一种有益的尝试和有价值的贡献[1]。

目前，我国民间文艺学界比较通用的一种简要的分类方法是，按照故事内容将民间故事分为四个大的门类：幻想故事、生活故事、民间寓言、民间笑话。幻想故事又称民间童话，是以丰富的想象和虚构为手段，表现人类生活和理想愿望的故事。生活故事是以民众的日常生活为题材，以现实中的人物为主角的故事。主要包括如下几类：交友道德与家庭伦理故事、奇巧婚姻故事、长工和地主的故事、巧女和呆婿的故事、机智人物故事。民间寓言与动物故事有许多交叉的地方，不少寓言故事以动物为主角，借动物故事来比喻和象征人类社会生活，但是，以人物为角色的寓言故事也十分常见。因此，寓言并不囿于动物故事范畴，它是一种带有明显教训寓意的民间故事。民间笑话是一种将嘲讽与训诫蕴含于谈笑娱乐之中的短小故事，不论是揭露与嘲讽笑话，还是讽刺与幽默笑话，均以喜剧性见长。

3. 类型、母题与民间故事生活史

我们在前文的介绍中，经常使用到"类型"和"母题"的概念，它们是故事分类学中的两个重要术语。"类型"一词，源于阿尔奈在《故事类型索引》中提出的"type"，指贯穿于多种异文中的基本要素相同而又定型的故事框架。故事学家将许多故事进行比较分析，可以归纳出数量有限的故事类型。同一类型的故事在流传的过程中会呈现出枝叶和细节上的差异，这些有差异的文本称之为"异文"。

故事类型是依据母题来定义的。需要特别说明的是，"母题"（motif）是民俗学中独具特色的概念，换句话说，运用母题进行故事分析，是现代民俗学家和故事学家所必备的技能。汤普森在发表《民间故事类型索引》后，又于 1932 年至 1934 年编制了一部《民间文学母题索引》，并于 1946 年出版《民间故事概论》一书，该书成为当时导引学人研究世界民间故事的入门书，它的

1　刘魁立：《刘魁立民俗学论集》，第 354-391 页，上海文艺出版社 1998 年版。

中文版以《世界民间故事分类学》为书名于1991年出版。让我们来看看，在这部著作中汤普森是如何解释类型与母题的：

一个母题是一个故事中最小的，能够持续存于传统中的成分。要如此它就必须具有某种不寻常的和动人的力量。绝大多数母题分为三类。其一是一个故事中的角色——众神，或非凡的动物，或巫婆、妖魔、神仙之类的生灵，要么甚至是传统的人物角色，如受人怜爱的最年幼的孩子，或残忍的后母。第二类母题涉及情节的某种背景——魔术器物、不寻常的习俗、奇特的信仰，如此等等。第三类母题是那些单一的事件——它们囊括了绝大多数母题。正是这一类母题可以独立存在，因此也可以用于真正的故事类型。显然，为数众多的传统故事类型是由这些单一的母题构成的。一种类型是一个独立存在的传统故事，可以把它作为完整的叙事作品来讲述，其意义不依赖于其他任何故事。当然它也可能偶然地与另一个故事合在一起讲，但它能够单独出现这个事实，是它的独立性的证明。大多数动物故事、笑话和轶事是只含一个母题的类型。标准的幻想故事（如《灰姑娘》或《白雪公主》）则是包含了许多母题的类型。[1]

依据西方学者的观点，我国故事学家刘守华作了更为简明的解说：

母题是故事中最小的叙述单元，可以是一个角色、一个事件或一种特殊背景，类型是一个完整的故事。类型是由若干母题按相对固定的一定顺序组合而成的，它是一个"母题序列"或者"母题链"。这些母题也可以独立存在，从一个母题链上脱落下来，再按一定顺序和别的母题结合构成另一个故事类型。[2]

"类型"与"母题"概念的确立，以及"AT分类法"在故事研究领域的广泛运用，是芬兰历史地理学派对世界现代民间文艺学的重大贡献。历史地理学派是当代世界故事学研究的主要代

1 ［美］斯蒂·汤普森：《世界民间故事分类学》，郑凡等译，第499页，上海文艺出版社1991年版。
2 　刘守华：《比较故事学》，第83页，上海文艺出版社1995年版。

表，它由芬兰学者所创立，因此也称之为芬兰学派。该学派的主导思想是通过分析故事的结构形态和母题，揭示同类型故事之间相互影响和流传变异的轨迹和结构规律，探寻该故事类型在不同历史空间与不同地域空间发展演变的生活史。汤普森在《世界民间故事分类学》中对历史地理学派的方法要点作过这样的概述：

一个研究者使用这种方法所力求达到的最根本目的，莫过于完全弄清某一特定故事的生活史，他希望通过分析不同异文，研究有关历史和地理因素，运用一些众所周知的关于口头传播的事实，找到该故事原型的某些东西，并能较合理地解释该故事在依次产生所有的不同异文时所发生的变化，这些研究还将指出它的原型产生的时间、地点以及它所发生变化的原因。[1]

大体说来，探求民间故事的生活史包含如下步骤：

A. 尽力搜求特定故事的各种异文，这是研究的基础。全部异文都要标明所属的语言、国家和排列顺序，田野调查要注明记录的时间和地点，书面资料则要考察所产生的年代。

B. 对所有异文的叙述要素进行分解，按叙述要素相类同或近似的加以归并和统计，逐一考察这些叙述要素，在比较分析的基础上构拟出故事类型的原型以及若干亚型。

C. 把故事文本置于一定的历史地理背景之中，从纵向的历史角度考察故事由原型到亚型的发展历程，从横向的地理角度追寻故事在不同时空背景中的传播演变情况，从而勾勒出它完整的生活史。

为了透彻地研究一两个故事，历史地理学派的学者常常不惜花费毕生心血。其中最受人称道的成果有：安德森搜集到六百多篇异文对《国王与修道院长》(AT922)所作的研究；布朗德搜集到三百六十多篇和六百多篇异文，对内容相关的两个故事《屠龙者》(AT300)及《孪生兄弟》(AT303)所作的研究；汤普森对拥有八十六篇异文的印第安故事《星星丈夫》的研究，被阿兰·邓迪斯收入《世界民俗学》一书，该书于

---

1 本处译文见陈建宪译《民间故事的生活史》，刊于湖北省民间文艺家协会编印《故事研究资料选》1989年。

1990 年译为中文出版[1]，这些历史地理学派的代表性研究成果也逐渐为中国学人所熟悉。

有意识地汲取历史地理学派的理论方法，用于中国民间故事的研究实践，一些当代学者在这一领域取得了令人敬佩的成绩。如丁乃通先生除撰有《中国民间故事类型索引》外，还写了四篇论文《高僧和蛇女》《人生如梦》《中国和印度支那的灰姑娘故事》《云中落绣鞋》[2]，分别对广泛流传于中国和其他国家的《白蛇传》《黄粱梦》《灰姑娘》《云中落绣鞋》进行跨文化的比较研究，对故事衍变的来龙去脉作了缜密的梳理和富有见地的分析，在推动我国民间故事类型的个案研究方面起到引领作用。刘守华除运用母题概念对中外流行的故事类型进行追根溯源的影响研究外，还着重进行异中有同、同中有异的比较，挖掘故事背后彼此共通的文化心理以及情趣各异的民族特色，《〈一千零一夜〉与中国民间故事》、《印度〈五卷书〉与中国民间故事》、《"蛇郎"故事在亚洲》[3]等论文就充分体现了上述特点。由他主持的大型项目《中国民间故事类型研究》选取 60 个中国常见故事类型进行全面解析[4]，在我国民间故事研究领域作了许多有益探索。

四、通往中国民间故事宝库
——中国民间故事史略

中国民间故事作为民族文化的一个重要组成部分，经历了漫长的历史发展过程。在这个漫长的历史过程中，民间故事口头讲述和流传的许多具体情况今天已很难追寻，但是，在许多文献典籍和民俗活动中却保留和记录了大量民间故事的珍贵资料。不少学者对这些卷帙浩繁的文献古籍进行了认真的梳理、筛选和鉴别，一幅展现我国民间故事发展概貌的宏伟画卷呈现在读者面前[5]。

1. 中国古代民间故事发展概况

古老年代传承下来的各族神话传说，在《诗经》《楚辞》《山海经》《穆

---

1 [美] 阿兰·邓迪斯：《世界民俗学》，陈建宪、彭海斌译，上海文艺出版社 1990 年版。
2 [美] 丁乃通：《中西叙事文学比较研究》，华中师范大学出版社 1994 年版。
3 参见刘守华：《比较故事学》，上海文艺出版社 1995 年版。
4 刘守华主编：《中国民间故事类型研究》，华中师范大学出版社 2002 年版。
5 参见刘守华：《中国民间故事史》，湖北教育出版社 1999 年版。谭达先：《中国二千年民间故事史》，甘肃人民出版社 2002 年版。祁连休、程蔷主编：《中华民间文学史》，河北教育出版社 1999 年版。

天子传》等书中有着丰富的记述。它们虽然不同于民间故事，但却和民间故事关系密切，成为后世民间故事取用不尽的艺术宝库。就狭义的民间故事而言，先秦两汉是我国民间故事由萌生而成型的时期，尤其是先秦诸子寓言被称为"先秦艺苑的奇葩"。公木在《先秦寓言概论》一书中指出："据史籍所载，先秦诸子大量收集、加工和改造民间故事作寓言，已成为当时的一种社会风习。先秦史籍中保存下来的大量寓言，绝大部分可以看作是在民间故事基础上的再创造。"[1]可见，出于诸子笔下的先秦寓言在一定程度上反映了当时民众口耳相传的故事状貌。如《孟子·离娄》篇的《齐人有一妻一妾》就是一篇脍炙人口的佳作：

齐人有一妻一妾而处室者，其良人出，则必餍酒肉而后反。其妻问所与饮食者，则尽富贵也。其妻告其妾曰："良人出，则必餍酒肉而后反，问其与饮食者，尽富贵也，而未尝有显者来，吾将瞷良人之所之也。"

蚤（早）起，施从良人之所之，遍国中无与立谈者。卒之东郭墦间，之祭者，乞其余；不足，又顾而之他——此其为餍足之道也。

1 公木：《先秦寓言概论》，第53页，齐鲁书社1984年版。

其妻归，告其妾，曰："良人者，所仰望而终身也。今若此！"与其妾讪其良人，而相泣于中庭，而良人未之知也，施施从外来，骄其妻妾。[1]

这位齐人每次外出酒足饭饱之后回来，便向妻妾夸耀自己怎样同那些有钱有势的人交往，可是平时并没有什么贵客临门。妻子抱着疑惑而又好奇的心情悄悄跟踪查访，原来丈夫是在郊外坟地里向那些祭坟的人乞讨酒肉充饥。妻子回来后告知小妾，两个女人正为丈夫的可怜可耻而伤心哭泣，蒙在鼓里的齐人从门外进来，还是摆出那副洋洋自得的样子。这则寓言以生动的情节、鲜活的人物和强烈的对比手法，彰显出民间生活故事的典型特征。

我国最具影响的寓言大多出现于这个时期，许多由先秦寓言演化而来的成语、谚语，如"揠苗助长""坐井观天""掩耳盗铃""滥竽充数""守株待兔""画蛇添足""南辕北辙""五十步笑百步""鹬蚌相争，渔翁得利"等，至今仍活跃在人们的口头语言之中。

魏晋南北朝是一个社会大动荡的时代，而在中国民间故事的发展历程中，它则是我国民间故事的第一个繁盛时期。志怪小说与志人小说在这一时期大放异彩，它们记录保存了大量来自民间的口头故事。干宝的《搜神记》、陶渊明的《搜神后记》、曹丕的《列异传》、刘义庆的《幽明录》、任昉的《述异记》等成为许多民间经典故事的最早渊薮。如《列异传》中的《三王冢》讲述干将、莫邪之子捐头为父报仇的故事，就是鲁迅的小说《铸剑》的原型；《述异记》中的《王质》是观棋烂柯型故事的较早记载；《搜神后记》中的《白水素女》是流传广泛的田螺姑娘型故事的最早形态；《搜神记》中的《李寄斩蛇》《东海孝妇》《丹阳道士》《吴兴老狸》《紫玉》等都有完整而生动的情节。这些文人笔记记录了许多当时流传于民间的鬼魅与精怪故事，如《列异传·宋定伯》就是一篇讲述乡民捉鬼卖鬼的神奇故事：

南阳宋定伯，年少时，夜行逢鬼。问："谁？"鬼曰："鬼也。"鬼曰："卿复谁？"定伯欺之，言："我亦鬼也。"

1 杨伯峻：《孟子译注》上册，第203页，中华书局1960年版。

鬼问："欲至何所？"答曰："欲至宛市。"鬼言："我亦欲至宛市。"共行数里。鬼言："步行太迟，可共递相担也，何如？"定伯曰："大善。"鬼便先担定伯数里。鬼言："卿太重，将非鬼也。"定伯言："我新死，故身重耳。"定伯因复担鬼，鬼略无重。如是再三。定伯复言："我新死，不知鬼悉何所畏忌？"鬼答言："惟不喜人唾。"于是共行。道遇水，定伯因命鬼先渡，听之了然无水音。定伯自渡，漕漼作声，鬼复言："何以作声？"定伯曰："新死不习渡水故耳。勿怪吾也。"行欲至宛市，定伯便担鬼著肩上，忽执之，鬼大呼，声咋咋然。索下，不复听之，径至宛市中。下著地，化为一羊，便卖之。恐其变化，唾之。得钱千五百乃去。时人有言："定伯卖鬼，得钱千五。"[1]

在故事形态学上，《宋定伯》属于世界性的"愚蠢的魔鬼"类型。主人公不但不怕鬼，还用自己的智慧捉弄了蠢鬼，最后吐口唾沫把它变成牲口卖掉了。在笃信鬼神精怪之说的魏晋时期，本篇讲鬼却毫无阴暗恐怖色调，透出浓郁的诙谐幽默情趣和积极乐观心态，一直把它的艺术魅力延伸至近现代。

三国时邯郸淳的《笑林》第一次汇总了当时流传的笑话故事，是我国最早的一部笑话集。该书以嘲讽无知、自私、吝啬、妄想等为主题，塑造了一批有趣的笑话人物形象：

鲁有执长竿入城门者，初竖执之，不可入，横执之，亦不可入，计无所出。俄有老父至曰："吾非圣人，但见事多矣。何不以锯中截而入。"遂依而截之。（《执竿入城》）

有民妻不识镜。夫市之而归，妻取照之，惊告其母曰："某郎又索一妇归也。"其母亦照曰："又领亲家母来也。"（《不识镜》）

隋唐，特别是唐代，是我国民间文学发展的一个黄金时代。随着城市的逐渐繁荣，市民文化生活的活跃，脱胎于佛教的"俗讲"，逐渐发展成为唐代颇具影响力的民间文艺活动。俗讲，是由僧人、法师等以通俗易懂的形式向俗众讲解佛义佛法的一种活动。初期的俗

1 《古小说钩沉》第 119 页，据中华书局 1961 年版《太平广记》卷三二一校订。

讲以讲解经文为主，后来为了吸引更多的听众，在讲述佛经故事的时候，也讲唱民间传说和故事。其故事底本称为"变文"，如《目连变文》《伍子胥变文》《王昭君变文》《舜子变文》等。通过讲唱变文，不仅保留了大量的佛经故事和民间故事，也使这些故事在流传演变中逐渐深入民心。

如同魏晋南北朝时期志怪小说的兴盛对当时民间故事的采录和发展起到了有力的促进作用一样，唐代的志怪小说在继承魏晋传统的基础上，呈现出空前繁荣的景象，涌现了一批在中外故事史上具有里程碑意义的名篇佳制。如段成式《酉阳杂俎》中的《叶限》和《旁㧋》是流布于世界的灰姑娘型故事和两兄弟型故事的最早且完整的文本。还有一些著名故事的完整形态，如木鸟型《鲁般作木鸢》（《酉阳杂俎》）、天鹅处女型《田章》（句道兴《搜神记》）、螺女型《吴堪》（皇甫氏《原化记》）等，均有生动完整的书面文本，是中国和世界故事发展史上的珍贵资料。试看《鲁般作木鸢》：

今人每睹栋宇巧丽，必强谓鲁般奇工也。至两都寺中，亦往往托为鲁般所造，其不稽古如此。据《朝野佥载》云，鲁般者，肃州敦煌人，莫详年代，巧侔造化。于凉州造浮图，作木鸢，每击楔三下，乘之以归。无何，其妻有妊，父母诘之，妻具说其故。父后伺得鸢，击楔十余下，乘之，遂至吴会。吴人以为妖，遂杀之。般又为木鸢乘之，遂获父尸。怨吴人杀其父，于肃州城南作一木仙人，举手指东南，吴地大旱三年。卜曰："般所为也。"赍物具千数谢之，般为断一手，其日吴中大雨。国初，土人尚祈祷其木仙。六国时，公输般亦为木鸢以窥宋城。[1]

这是一则传说故事，但是传说的主要情节却是一个世界故事类型，即匠人造木鸟创造飞行奇迹，而在中国，这项科技发明创新的功劳落在鲁班（即文中的鲁般）身上。故事讲述鲁班在凉州做工期间制造了一只木鸟，每晚在肃州和凉州之间来回飞行。妻子怀孕，道出实情。其父好奇，等儿子归家后，偷偷地骑上试飞，因不会操纵，一下子从大

---

1 段成式：《酉阳杂俎》第233页，中华书局1981年版。

西北飞到江南坠落，被人误杀。鲁班于是又作木仙人手指东南，以巫术使吴地大旱，进行报复。后吴人前来谢罪，始得和解。这则故事从一个侧面反映了我国古代民间技艺的发达程度，对后世此类幻想故事的发展有着深远影响。

宋元是我国民间故事集大成的时期。宋代城市较唐代有了更大的发展，市民生活富足，工商业兴盛，城市人口增加。为适应市民的文化娱乐需求，民间"说话"艺术空前活跃。"说话"是由职业艺人讲说故事。当时的游艺场所叫瓦子，亦称"瓦市""瓦肆"，由顾客"来时瓦合，去时瓦解"，易聚易散这一特点而取名。这些"勾栏瓦肆"培育了许多说话艺人，也形成了风格各异的说话流派。据耐得翁《都城纪胜·瓦舍众伎》记载，当时说话有四家：

> 说话有四家。一者小说，谓之银字儿，如烟粉、灵怪、传奇。说公案，皆是搏刀赶棒，及发迹变泰之事。说铁骑儿，谓士马金鼓之事。说经，谓演说佛书。说参请，谓宾主参禅悟道等事。

讲史书，讲说前代书史文传兴废争战之事。最长小说人，盖小说者能以一朝一代故事，顷刻间提破。[1]

宋代说话有不少取材于民间故事，如《姜女寻夫》《董永遇仙传》《白娘子永镇雷峰塔》等。程毅中在《宋元话本》一书中指出："话本是说话人在书面记载和民间传说的基础上创造的，又在长期的演说过程中经过师徒相传，同业交流的集体加工，就成为群众创作和个人创作相结合的产物。"[2]尽管职业艺人讲说的并不都是民间故事，但是民众讲说民间故事的传统是说话艺术繁荣的基础，民间故事传说被说话人吸收改编，赋予了新的艺术生命。

宋代士人对前代和当时的民间文学资料极为重视，辑录故事蔚然成风。北宋初年，朝廷组织大臣文士李昉等人编纂了一部500卷的《太平广记》，集前代野史、小说、传奇之大成，许多魏晋隋唐时期的珍贵资料得以保存。参与编纂《太平广记》的徐铉用20年时间搜求神怪故事，编成《稽神录》一书。

1 见胡士莹：《话本小说概论》上册第102页，中华书局1980年版。
2 程毅中：《宋元话本》第94页，中华书局1980年版。

大学士洪迈用五十多年时间搜求各类故事，这本收录了两千余篇故事的《夷坚志》成为宋代第一部民间故事集成。洪迈的《夷坚志》内容广博繁杂，尤以各种鬼灵故事最具特色。试举一例，《解七五姐》情节梗概如下：

房州人解三师，所居与书馆为邻。一女七五姐，自小好书，每日窃听诸生所读，皆能暗诵。三师素嗜道教行持法书，女亦私习。年二十三岁，招归州民施华为赘婿。华留未久，即出外经商，后以书信告知其妻："勿萌改适之心，容我稍遂意时，自归取汝。"女得信忧伤掩泣，即日不食，不久病逝。两月后，七五姐在千里之外寻见丈夫，称自己"脱身行乞，受尽辛苦"，方得团聚。几年后施华回返归州。解三师得悉亡女尚在人间，惊诧不已，疑为精魅假托，遂招法师前来考治。女怡然自若。法师书符未成，女别书一符破之；法师再书灵官捉鬼符，女作九天玄女符破之。法师抚剑相问："汝是何精灵？"女曰："我在生时，尽读父法书。又于梦中蒙九官玄女传教返生还魂之法，遂得再为人，永远住浮世。吾常存济物之心，亦不曾犯天地禁忌。尔过忿甚多矣，有何威神，能治于我乎！"法师不能答而退。女见父母亲戚如初。后解氏全家游玩郊野，至葬女处，提及旧事，女大笑，疾走入山，怪乃绝。[1]

房州即今湖北房县，归州即今湖北秭归县，故事发生在巴楚文化遗存丰厚的鄂西北山区。本篇的新奇之处不仅在

1 洪迈：《夷坚志》第四册1544页，中华书局1981年版。

于七五姐思念远行的丈夫，抑郁而死，鬼魂千里寻夫，终于夫妻团聚；更在于她以自己的智慧和法术同怀疑她为"精魅假托"的人们进行了一场激烈紧张的较量。她法术高强，使前来考治她的法师甘拜下风。最后在笑声中疾走入山，不知所终。透过神奇诡异的情节，一位聪慧多情、坚毅执着地追求爱情和幸福的女性形象栩栩如生。这一时期的笔记小说塑造了许多类似于七五姐的女性形象，她们或为鬼魂，或为精怪，但都拥有一颗美好善良的心灵，给人留下深刻印象。

明清时期中国民间故事已完全趋向成熟，各种题材、体裁、风格的故事获得了多样化的发展。志怪故事仍居文人笔记的主流，生活故事和民间笑话也越来越受到关注。明代王同轨的《耳谈》着重采录湖北、江浙一带的故事，并一一注明口述者的姓名，为我们窥见明代南方民间故事的风貌提供了宝贵资料。清代笔记小说以蒲松龄《聊斋志异》和纪晓岚《阅微草堂笔记》为代表，《子不语》《咫闻录》《夜谭随录》等也记录了许多当时流行的民间故事。这些文人志士通过各种途径搜集民间故事，并进行加工和改造，在中国文学史上树立了光辉典范。譬如蒲松龄的创作就具有浓厚的民间文学渊源，作者在《聊斋自志》中写道：

情类黄州，喜人谈鬼。闻则命笔，遂以成编。久之，四方同人，又以邮筒相寄，因而物以好聚，所积益夥。[1]

近人徐珂在《清稗类钞》中，依据传闻对此作了更为详明的记述：

每当授徒乡间，长昼多暇，独舒蒲席于大树下，左敬右烟，手握葵扇，偃蹇终日。遇行客渔樵，必遮邀烟茗，谈谑间作。虽床第鄙亵之语，市井荒伧之言，亦倾听无倦容……晚归篝灯，组织所闻，或合数人之话言为一事，或合数事之曲折为一传，但冀首尾完具，以悦观听。[2]

明清短篇小说和长篇小说正是在

1 朱一玄：《明清小说资料选编》下册第 1164 页，齐鲁书社 1989 年版。
2 朱一玄：《明清小说资料选编》下册第 1215 页，齐鲁书社 1989 年版。

吸取民间故事滋养的基础上发展成熟起来的，如明代冯梦龙的"'三言'中所收的一百四十篇作品来看，其中大约三分之一，是宋元民间艺人的口头创作"[1]。至于我国古典名著《水浒传》《三国演义》《西游记》等与民间故事有着程度不等的密切关系，更是众所周知。这一时期有许多在中国和世界范围内流行的著名故事类型也被文人记录下来，如仙女救夫型的《奇婚》（《谐铎》）、十个怪孩子型的《七兄弟》（《憨子杂俎》）、狼外婆型的《虎媪传》（《广虞初新志》）、两伙伴型的《徐兄李弟》（《咫闻录》）、动物报恩型的《人虎报》（《谈虎》）、龙母型的《秃尾龙》（《子不语》）等。这些故事文本曲折完整，内涵丰厚，集中体现了我国民间口头文学发展的成就。

与文人记述、改编民间文学相得益彰的是，民间讲述故事活动的兴盛不衰。明清时期最具特色的群众性文化活动是讲唱"宝卷"和"善书"。唐代寺院中流行"俗讲"，变文是僧人口头讲说佛经故事和世俗故事的底本，至明清时期就演化为"宝卷"和"善书"了。郑振铎在《中国俗文学史》中写道：

"宝卷"的结构，和"变文"无殊；且所讲唱的，也以因果报应及佛道的故事为主。直至今日，此风犹存。南方诸地，尚有"宣卷"的一家，占着相当的势力。所谓"宣卷"，即宣讲宝卷之谓。当"宣卷"时，必须焚香请佛，带着浓厚的宗教色彩，与一般之讲唱弹词不同。[2]

后期的宝卷民间俗称为"宣卷""宣讲"，在南方的江、浙、川、鄂一带则被称为"善书"。盛行于城乡的宝卷和善书，展现了当时社会风俗的重要侧面。不仅印度佛经故事与我国民间文学多有渗透，与我国本土道教和民间故事的关系也十分密切。道教的神仙传说主要体现在各类神仙传记中，如汉代刘向的《列仙传》、东晋葛洪的《神仙传》、唐代沈汾的《续仙传》等。宋代《夷坚志》中就有一些关于仙道侠士的故事，元代《湖海新闻夷坚续志》中更专列"神仙门"

1　路工：《冯梦龙及其对民间文学的贡献》，见《民间文学论丛》，中国民间文艺出版社1981年版。
2　郑振铎：《中国俗文学史》下册307页，作家出版社1954年版。

第一章　民间故事概说 029

选录各类神仙故事。至于明清时期，道教文化对故事的影响则更为广泛显著，张天师的故事、八仙故事、玉皇大帝和王母娘娘等神仙故事成为人们熟悉和喜爱的故事题材，为民众所津津乐道、代代相传。

明清时期的民间笑话格外引人注目，被称为"笑话空前发展繁荣的黄金时代"。这一时期涌现了许多著名的笑话集，如明代赵南星《笑赞》和冯梦龙《笑府》，清代石成金《笑得好》和小石道人《嬉笑录》。许多佳作构思巧妙，诙谐有趣，读之使人开颜，例如：

一人为虎衔去，其子执弓逐之，引满欲射。父从虎口遥谓子曰："汝须是着脚射来，不要射坏了虎皮。"（《笑府·射虎》）

一人溺水，其子呼人急救。父于水中探头曰："是三分银子便救，若要多莫来！"（《笑府·溺水》）

父教子曰："凡人说话放活脱些，不可一句说煞。"子问："如何叫做活脱？"此时适邻家有借几件器物的，父指谓曰："假如这家来借物件，不可竟说多有，不可竟说多无，只说也有在家的，也有不在家的，这话就活脱了。凡

事俱可类推。"子记之。他日有客到门，问："令尊翁在家么？"子答曰："也有在家的，也有不在家的。"（《笑得好·答令尊》）

中国古代民间故事历经几千年的发展，获得了丰厚的文化内涵和独特的艺术魅力，成为世界民族文化遗产的重要组成部分。历代文人和民间艺人付出了艰辛的劳动，为我们保留和记录了大量民间故事的珍贵资料，但是严格说来，这些活动仍处于一种自发阶段，缺乏现代学科意识和科学方法。伴随"五四"新文化运动的兴起，受到西方现代社会科学的启发，我国民间文艺学逐渐孕育形成，民间故事的搜集与整理进入了一个全新时代。

2. 中国近现代民间故事的采录与整理

在"五四"新文化运动影响下，民间口头文学受到学人的热情关注，成为中国现代民间文艺学的开端。1922年12月北京大学歌谣研究会出版了《歌谣》周刊，刚开始它只限于搜集和研究歌谣，后来学人们才逐渐将散文体故事纳入研究视野。《歌谣》周刊在1923年9月30日第26期上表示：

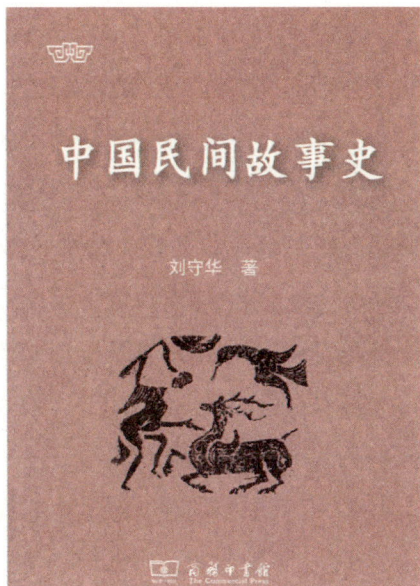

中国民间故事史

刘守华 著

商务印书馆

本会事业目下虽只以歌谣为限，但因连带关系觉得民间的传说故事亦有搜集之必要，不久拟即开始工作。……选录代表的故事，一方面足以为民间文学之标本，一方面用以考见诗赋小说发达之迹。

从该刊第69号起连续刊出讨论《孟姜女故事》的九个专号，对民间故事的采录与研究起了一定的推动作用。此后，中山大学民俗学会的《民间文艺》和《民俗》周刊，杭州中国民俗学会的《民间月刊》和其他报刊，也经常刊出各种传说故事。对民间故事采录的重视带来了

相关书籍的出版，比较有影响的是张清水的《海龙王的女儿》（1929年），刘万章的《广州民间故事》（1929年），娄子匡、陈德长的《绍兴故事》（1929年），钱南扬的《祝英台故事集》（1923年），吴藻汀的《泉州民间传说》（1929年），肖汉的《扬州的传说》（1928年）等数种，此外还有潘汉年等编的《乌龙精》（1926年），孙佳讯采录的《娃娃石》（1929年）等。上海北新书局于20世纪20年代中期到30年代中期接连出版了"林兰女士"编辑的民间故事集近40种，包括《民间趣事》《徐文长故事》《三个愿望》《小猪八戒》《呆女婿故事》等，更是影响了海内外

学人对中国民间故事的认识。

在《歌谣》周刊创刊至 1937 年抗日战争爆发这段时间内，民间故事采录发表的情况最突出之处，在于这项工作是在一种新的认识和方法下进行的。由于"五四"以后白话文流行开来，这时民间故事的记录也都采用白话文，从而在口头故事的忠实记录方面迈出了重要一步。当时，民间文学家刘万章曾说："民间故事的叙述，总要能够把故事平直地、完满地叙述得逼真，整理人不必把自己的意见参加到故事里面去。"[1]周作人则说得更加明白：

歌谣故事之为民间文学须以保有原来的色相为条件，所以记录故事也当同歌谣一样，最好是照原样逐字抄录……大凡科学的记录方法，能保存故事的民间文学和民俗学资料价值。[2]

1942 年 5 月，毛泽东发表了著名的《在延安文艺座谈会上的讲话》，号召广大文艺工作者学习"萌芽状态"的文艺，鼓励他们到基层到老百姓的生活中去学习民间文艺、搜集民间文艺，在解放区形成了一股采录民间故事的热潮。晋绥文艺工作者深入农村，采集民间故事，在 1945 年以后接连出版了《水推长城》《天下第一家》《地主与长工》三个民间故事集[3]。这一时期，反映革命斗争和农村阶级矛盾的传说故事成为最具特色的内容。

1949 年新中国的建立使民间文学事业获得了蓬勃生机。1950 年 3 月，中国民间文艺研究会成立（1987 年更名为中国民间文艺家协会），广泛开展了各种民间文学作品的搜集、整理与研究的工作。尽管在一段时间内这方面的专业人员并不太多，但全国参与搜集工作的人数和发表出版作品的数量，都是二三十年代所无法相比的。这时发表的作品大多具有新的时代特色，其中以表现长工和地主斗争的故事，关于近现代历次革命斗争的故事（如关于鸦片战争中抗英故事、太平天国故事、义和团故事、红军故事），反映劳动人民生活和

1 刘万章：《记述故事的几件事》，载《民俗》第 51 期，1929 年 3 月 13 日。
2 林培庐采编《潮州七贤故事集·周序》，上海天马书店 1936 年版。
3 李来为：《民间故事的采集与整理》，见《中华全国文学艺术工作者代表大会纪念文集》，新华书店 1950 年 3 月发行。

智慧的故事等，影响最为显著。这时各少数民族的故事也得到发掘，出版了包括几十个民族作品的《中国民间故事选》（两辑）（贾芝、孙剑冰编）、《白族民间故事传说集》（李星华记录整理）、《大凉山彝族民间故事选》（四川民研会编）、藏族民间故事集《奴隶和龙女》（肖崇素整理）、《泽玛姬》（陈石峻搜集整理）等，各省、自治区、直辖市区也大多出版了本地区的民间故事选集，如北京出版了金受申编写的《北京的传说》，上海出版了赵景深主编的《龙灯》《华东民间故事集》等。在20世纪50年代到60年代中期，我国民间故事的采录形成了一个高潮。

经过"文化大革命"之后，文化界深入批判了那种把传统文化一律打成封建主义糟粕的谬论，民间文学界也吸取了过去搜集工作的经验教训，进一步扩大民间故事搜集范围。那些过去搜集不够的故事，如关于清官和历代文学艺术家的故事，各地山川风物、土特产和风俗的故事，关于仙佛等带宗教色彩的故事等，一时如雨后春笋般地发表出来。一些有影响力的搜集工作者，这时期也出版了个人作品的选集，如董均伦、江源出版《聊斋汉子》（共两册，1982—1987年）、孙剑冰出版《天牛郎配夫妻》（1985年）等。民间故事家的发掘是这时期故事采录的一项突破，故事家专集的出版，如裴永镇整理的《金德顺故事集》（1983年），张其卓、董明整理的《满族三老人故事集》（1984年），王作栋整理的《新笑府——刘德培故事集》（1989年）等，促进了这方面工作的进一步开展。我国大多数少数民族的故事这时期都得到发掘，上海文艺出版社1989年出版的《中国少数民族民间文学丛书·故事大系》，按民族立卷，共出29种。1995年又在此基础上编辑出版了《中华民族故事大系》，全书共分16卷，精选全国56个民族的故事（含神话、传说）2500余篇。其他出版社也出版了这方面的作品，并有《少数民族机智人物故集选》《中国少数民族神话》（上、下册）、《中国少数民族民间故事选》（上、下册）等分类综合性选集问世。

党的十一届三中全会以后，我国进入了一个新的历史时期。为了更有计划地进行民间文学作品的搜集，使之为社会主义文化建设服务，中国民间文艺研究会在国家有关部门支持下，于1984年发起编纂中国民间文学三套集成工作，即《中国民间故事集成》《中国歌谣集成》《中国谚语集成》。这次普查、采录，投入了大量的人力和物力，普查的地域、河北省民族和采录的对象十分广泛（1984年至1990年全国采录民间故事184万多篇）；在普查中发现大批各种类型的民间故事讲述家（全国能讲50则故事以上的9900多人）；部分地区还对故事讲述者比较集中、故事蕴藏量较大的"故事村"进行了重点采录，如河北省藁城县耿村，行唐县杏庵村，湖北省丹江口市伍家沟村、四川省重庆市巴县走马乡等，有的还编印了"故事村"作品专集。此次集成编纂工作声势浩大，发动面广，作品甄选严格，科学性较强，实为我国民间文学工作历史上空前的壮举。它们与另七套中国民间文艺集成志书一起，被誉为中国文化的"万里长城"。

在我国台湾地区，因受到大陆民间文学三套集成工作的积极影响，一些热爱民间文学的有识之士也发出了"抢救民间文学资料"的呼吁，其中最引人注目的是陈庆浩、王秋桂主编的一套《中国民间故事全集》40册，于1989年6月由远流出版公司出版。该书从近70年来海内外出版发表的各省各民族民间故事中，选取具有地方风味、民族特色、艺术价值的代表作，分省编列，构成巨著。此外，由胡万川担任总编辑的《台中县民间文学集》26册，也在1992年以后陆续出版。金荣华主持了卑南族、鲁凯族以及金门岛民间故事的采录工作，出版了《台东卑南族口传文学选》（1989年）、《台东大南村鲁凯族口传文学》（1995年）、《金门民间故事集》（1997年）等故事集。

第二章
民间故事的传承

一、各国民众讲故事的活动

口头讲述故事，是劳动人民文艺生活的一个重要方面，它遍及世界各国，延伸于从古到今的整个人类历史进程之中。

英国学者描述非洲大陆讲述故事的情景道：

在非洲，当人们闲下来的时候，至今还保存着一种讲故事的习惯。每当日落西山，燃起傍晚的篝火，牛群已去休息，渔网也在外面晾起来的时候，这时，不论是远在埃塞俄比亚的高山之上，还是在大海冲洗着的象牙海岸边的一杯棕榄美酒旁，还是在开普敦老马来区的贫民窟和茅草镇之中，人们都在讲述着故事。故事一代一代地从祖母传给孙女，从父亲传给儿孙。

在莫三鼻给恬静的海岸上，越过村庄，穿过山谷，径到山顶上苏阿希里的村落之中，一直到很晚你都能听见人们谈笑、歌唱和讲述故事的声音。再走近些，在一片昏暗之中你还会看到那一群环绕着篝火的人群，孩子们的眼睛里闪射着篝火的光亮，倾听着老人们讲述故事。[1]

---

1 [英]罗德福：《非洲人的故事和民歌》，《民间文学参考资料》第四辑，第112页，中国民间文艺研究会编印（内部资料）1962年版。

美洲印第安人的生活方式虽然同非洲人相去甚远,人们对口头故事的喜好却是一致的。美国专门研究印第安人口头文学的学者杰罗尔德·拉姆齐对此有生动描写:

在寒冬的夜晚,俄勒冈北疆的哥伦比亚河两岸,可以见到这样的情景:棚屋的外面,大雪随风而降,使独木舟、捕鱼台、晒物架以及沿哥伦比亚河东西延伸和伸张到内陆南方的小径上都铺上了银装。在棚屋的里面,火堆中散发出辛辣的烟味,隐隐地还可以闻到食物的味道,这些食物都是入冬之前采集捕获到的,然后晒干,熏烤,再贮藏在棚屋的角落里或挂在顶柱上。这里是一派严冬的景象,人们无法做别的事,只好待在家里避寒。这个季节正是讲故事的时光,也就是述说远古时代的凯欧蒂(小狼)、小浣熊和萨金格兰首领又返回人间的时刻。到了夏季,人们便外出采集食物,如果夏季也待在屋里讲故事,他们就会被响尾蛇咬伤或把嘴巴扭歪。但是,此刻正是众人围坐在一起听传说故事的时候。

等过一会儿,一个老奶奶走进棚屋,蹲在火堆旁边,她大口地吐唾沫,围坐的人们都皱起了眉头。老妇人又吐了一口,便接着说:"我讲完故事,你们给我点什么好处呢?"有人说:"给你橡树果。"

老妇人吐了一口唾沫,说:"这不行。"

另一个人说:"我给你干红柳烟叶抽。"

这时,又有一个人抱着希望说:"我给你肉干,外加越橘,怎么样?""啊,这还不错。"

老妇人直盯着火堆,开始讲了起来;外面的风雪使她的声音显得很弱。"凯欧蒂又要显灵了,当他来到大河(哥伦比亚河)口的时候……"[1]

阿拉伯世界也盛行讲故事活动。下面是《阿拉伯—伊斯兰文化史》这部著名历史学著作中对伊斯兰教兴起后,这种文化活动发展情形的记述:

---

1 [美]杰罗尔德·拉姆齐:《美国俄勒冈州印第安神话传说·前言》,第10页,中国民间文艺出版社1983年版。

讲述故事时，讲述者坐在礼拜寺中，群众团团地围着他。讲述者先叫大家赞诵安拉，然后或讲述历史，或讲述各国的故事，或讲述神话等等，讲述的材料在于能激起听众的感情，而不问其真伪。据赖易斯·赛德说，"那时公开的讲述，分普通故事和特殊故事两种；普通的讲述在于说教劝人与颂扬安拉；其实这一类的讲述，讲者与听者都是厌恶的。特殊的讲述，开始于哈里发穆尔威雅时代，讲述者也是由哈里发委派，讲述者在晨礼之后，先颂扬安拉，赞念穆圣，而后为哈里发以及人民、侍众、士兵等祈福；最后诅咒敌人，诅咒多神教徒。"

故事很能适合一般人的口味，所以发展最快。

讲述故事的事业，日渐发展，后来竟成了正式的事业，凡讲述故事的人，都由政府正式委派，并给以薪俸，成为政府人员。根据肯迪的《法官传记》的记载，法官兼讲述者的居多。

关于欧洲人喜爱口头故事的情况，我们可以举出俄国作为例子。开也夫在《俄罗斯人民口头创作》中做过这样的介绍：

在最近两三个世纪里，故事主要是流传在农民中间。但是，大家都知道，在古代，它们也在别的社会阶层（商人、达官贵族、公爵和沙皇的官廷）的生活中占有一定的地位。

教会千方百计地防止"口头故事"流传。尽管这样，故事仍然像流传在下层居民阶层的生活中一样，继续流传在俄国贵族阶级的生活中。伊凡雷帝没有故事就不能入睡，有三个盲老人讲故事给他听。沙皇华西里·舒依斯基曾经有一个善谈者伊凡。别的沙皇的某些讲故事人的名字也是很著名的。在沙皇的讲故事人中曾经有"监督者"，以防备万一讲故事人自己发呆偷懒。甚至离这很久（在18世纪），还保留着在沙皇宫廷里雇有讲故事人的惯例。高级的和中级的贵族同样也养有讲故事人。

在亚洲大陆上的中国及其邻国，不论是印度、缅甸还是日本、朝鲜，讲故事的风气同样十分盛行。下面是日本学者对过去黑岛地方新年前后讲故事活动的记述：

新年到来的时候，从六岁到八九岁的孩子们，到老年人家里去拜访听"讲古"，这已成为一种习惯。

山村小旅店的听讲民间故事日是

与正月初七相同的正月十四日，即是小正月的夜晚（日本旧历正月十五日到十六日称为小正月——译者）。这一天，孩子们事先要父母给做好江米团子和酱肉，作为到讲故事老人跟前赠送的礼物。每当这个时候，有一种习俗叫做"帽盔"（日本的一种头上的顶戴物——译者），孩子们多数是抱着父母的衣服去，正好把它包在脑袋上，随心所欲地躺着听。关于这类讲述者的资格，不论男女，只要是年岁大的人都可担任，以故事讲得最丰富为最上。

类似小旅店这样的，孩子们自己找来、集聚起来听讲故事的人家有三四处。[1]

中国民众中的讲故事活动，以多种形式展开。最流行的一种是在日常生活和生产劳动的空闲时间，由会讲故事的人即兴讲述。新疆锡伯族居住地区的情况较有代表性，正如忠录在《锡伯族民间文学简介》中所说：

在锡伯族广大农村，人们在田野劳动的间隙，在刮大风下大雨而不能出工时，在干完一天的活回到家里时，就三五成堆地坐在一起讲故事。他们或一

---

1 [日] 野村纯一：《日本民间故事讲述家的研究》，《民间文学论集》第三集，第389页，中国民间文艺研究会辽宁分会编印（内部资料）1985年版。

个人讲给大家听，或大家轮流讲。

许多锡伯人的家庭，因其成员中有会讲故事的老奶奶或老爷爷而受人钦佩。这些老人，常常给自己一家人，或给左邻右舍的故事迷们讲故事。乡亲们称他们为"故事爷爷"或"故事奶奶"，在全村都有名望。尤其是在北方漫长冬季的农闲季节，讲故事、听故事的活动更为频繁。

这种讲述方式随便、自然，无所拘束，可以把故事讲得格外生动传神。所以，过去的老百姓并不把这种活动叫做讲故事，而给予它各式各样的名称，如"讲经""讲古话""摆龙门阵""说瞎话""说白话""说大头天话"等等。讲说的内容不仅有故事，还有神话、传说以及其他见闻。在这种情况下讲说的故事，是最朴素自然的民间口头文学。

二、民间故事家及故事村

民间故事虽然出于民众集体智慧的创造，并以口耳相传的方式在集体中传播和保存，但人民群众集体并不是一个抽象的存在，在这集体中有许多如金子般可贵的珍宝闪耀其间，它们是具有出色的口头语言艺术才能的民间故事家，以及聚集了众多故事传承人的民间故事村。我国民间文艺学家刘锡诚在论述民间故事家及其讲述活动时曾说：

在世界民间故事学术史上，20世纪80年代中国故事研究有两大贡献：第一个贡献，是先后发现了两个故事村（河北省藁城县的耿村；湖北省丹江口市的伍家沟村；90年代又发现和报道了重庆的走马镇）；第二个贡献，是发现了许多著名的故事讲述家，并陆续出版了他们讲述的民间作品。[1]

民间故事的讲述离不开三个要素，即故事文本、讲述者和听众。当传统的民间故事研究较多地关注故事文本、母题和类型时，对故事讲述者表演过程的讨论则成为另一个重要的研究领域。刘锡诚先生正是从这个角度出发，充分肯定了我国学者在故事讲述家个性特点的发现与张扬方面所做出的贡献。毫无疑问，这些记忆故事数量众多、讲述才能

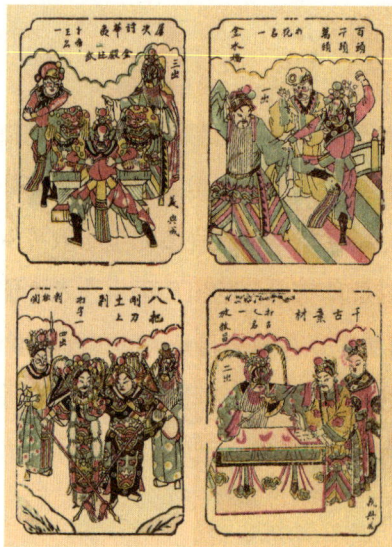

超群，具有独特叙事风格和鲜明艺术个性的民间故事家，是一个民族、一个地区民间故事的主要传承者。

1. 国外的几位民间故事家

对国外故事讲述家的情况，我们知之不多，只能列举有限的几个名字。

最使我们感兴趣的，是一百多年前意大利西西里岛一位女故事讲述家阿加杜札·麦西娅的情况。意大利搜集编纂民间故事书有久远的历史。早在1875年，就有一位医生和民间文学研究家乔赛普·皮特里，出版了一部《西西里童话和民间故事集》。这部书里的故事，大多出自一位目不识丁的老妇人、他家女佣人麦西娅之口。皮特里在该书"前言"中，生动地描述了这位故事讲述家的风采才华：

她毫无美貌可言，但却很有口才，讲起故事来娓娓动听，人们都佩服她那超群的记忆力和才能。麦西娅已七十多岁，是母亲、祖母和曾祖母。还在孩提时，她就爱听祖母讲故事，而祖母的故事也是从自己母亲那儿听来的，后者又

---

1 刘锡诚：《刘守华〈民间故事的艺术世界〉序》（华中师范大学文学院教授文库），华中师范大学出版社 2009 年版。

从祖父那里听到了不计其数的故事。麦西娅的记忆力很好，能够过耳不忘。有的妇女虽然也听过上千则故事，但却忘得一干二净。有些人虽说也能记住，但缺乏讲故事的才能。在波哥，她的朋友们都认为她是个天生的说书人，她愈讲，别人愈爱听。

麦西娅没有读过书，却懂得许多他人不懂的事情，而且讲起这些事情来头头是道，人们谁都不能不佩服她。我要求读者多留心她那生动形象的语言。如果故事的背景是一条准备起航的船，她能毫不费力地使用航海术语和水手们的行话。假如故事的女主人公在一家面包房里出现时，身无分文，愁眉苦脸，麦西娅会把一切描绘得活灵活现，以至人们真的以为看到了揉面和烤面包——而这种活儿在巴勒莫是只有职业面包师才会干的。至于家庭杂务的描述则更无须赘述了，因为，这是麦西娅的拿手活儿。

麦西娅看着我呱呱坠地，还常把我抱在怀中，这使我有机会从她口中听到许多美妙的故事，它们都带着她本人的特征。30年后，她把曾对一个孩子讲过的故事，又重复讲给长大了的青年听，而且故事仍旧是那样丝丝入扣，流畅优美。

当代意大利著名作家伊泰洛·卡尔维诺编写《意大利童话》，取材于皮特里的故事集，特地选取了麦西娅讲述的《格莱都拉·贝德都拉》《苦命姑娘》《黑蛇皮皮娜》《聪明的凯瑟琳》《伊斯梅林商人》《偷东西的鸽子》《经营蚕豆和豌豆的商人》《生疥疮的苏丹》《光喝风不吃饭的新娘》《西班牙国王和英国贵族》《左侍从》等十来篇故事，并在自己的"前言"中引述了皮特里对这位故事讲述家的热情洋溢的介绍，使我们看到了19世纪活跃在西西里岛上的一位出色的女故事家的面貌[1]。

日本从20世纪20年代起，大量出版故事家的专集。其中佐佐木喜善编的《老媪夜谭》，收故事103篇，主要来自一位73岁的谷江老大娘之口。土桥里木编的《甲斐昔话集》，共收故事120篇，其中80篇采自编者的祖母。关敬吾的《岛原昔话集》，由编者家乡渔村两名故事家所述193个故事编成。

---

1 ［意］伊泰洛·卡尔维诺：《意大利童话·前言》，第14页，上海文艺出版社1985年版。

有马英子的《福岛尚松昔话集》，收录福岛尚松老婆婆所讲的130个故事，这位老故事家已年近百岁。还有一位贺鸟飞左老婆婆，讲述了410个故事，被人编成《中国山地昔话》出版。日本的这些著名的故事家大都是女性，所讲述的以幻想性的童话故事为主[1]。

下面是佐佐木对谷江老大娘的回忆：

谷江老奶奶，用手指和嘴唇灵巧地分劈着纤细的新苎麻，劈出一条条长长的白白的线。一边用白麻线编织着苎麻筐，一边讲述故事。讲到高兴的时候，一下子就把苎麻筐翻转过去，绕到自己身背后去了。每当这个节骨眼，她的话语也随着自己的节奏，自然而然地变成韵文句，而且相同的语句多次反复出现。有的时候，如果买上一点酒来，就连平素稳重的老太婆也兴奋起来，伸直老腰板频频地站起来，比手画脚地装扮成故事里主人公等等人物的样子。这种兴奋动作达到高潮的时候，完全没有做作不自然的样子，很使人感动。[2]

2. 中国当代的几位民间故事家

20世纪五六十年代，伴随着中华人民共和国的建立和中国民间文艺研究会的成立，我国的民间文学事业获得了蓬勃发展。在搜集采录民间故事的过程中，涌现出了一批颇具特色的民间故事家，其中以秦地女、黑尔甲最有代表性。

（1）秦地女。女故事家秦地女是孙剑冰于1954年秋去内蒙乌拉特前旗采录故事时发现的。她那时已66岁，祖籍山东，祖母是跑马卖艺的名角，后因山东遭灾，逃难到内蒙地区安家。孙剑冰去采录民间文学，先打听有哪些人能说会唱，人们都不知道秦地女会讲故事，大家只提出两个会说故事的人，采录者嫌人太少，秦地女便站出来说："不怕，这事你还愁咧？我给你说！"这位故事家就这样脱颖而出。下面是孙剑冰对她讲说故事情景的评述：

当天晚上，她就给我讲了第一个故事。她述说着："……鱼哭啦，长长地流下两道眼泪……"这就把童话故事

---

1 乌丙安：《论民间故事传承人》，钟敬文主编《民间文艺学探索》，第231–234页，北京师范大学出版社1987年版。
2 ［日］野村纯一：《日本民间故事讲述家的研究》，《民间文学论集》第三集，第381页，中国民间文艺研究会辽宁分会编印（内部资料）1985年。

的风格和诗意给传达出来了。这不是一个平庸的转述者能够做到的。

我前后两次访问秦地女，记录了她的九个故事。把她第一次的讲述和第二次的重述比较，故事的内容、情节和讲述风格，没有什么出入，但是语句有些不同了。这当然好，它给我以后的整理工作以较多的方便。

我问秦地女："你老人家这些故事从哪听来的？"她说："我十二三岁那会，晚上睡不着觉，我妈就给我说故事，她讲一遍，第二天我再给她讲一遍，这就记住了。""你母亲听谁说的？""我姥姥！""你姥姥听谁说的？""我老姥姥呀！""这话靠得住？""一点也不假，我妈告诉给我的。"……果真如此，这些故事至少流行民间百把年了；至多呢，她老姥姥那一代，又不知从哪辈子传下来的哩。是的，一代传一代，劳动人民就是这样，用教人勤劳、勇敢与智慧的故事，来陶冶自己的子女。[1]

秦地女所讲的 9 个故事，在《天牛郎配夫妻》这本故事集中收录了 5 个，即《张打鹌鹑李钓鱼》《有个讨吃的，

有个鞭杆子》《天牛郎配夫妻》《门墩墩、门挂挂、锅刷刷》和《蛇郎》。这些故事大都属于幻想故事，体现了女性故事家对民间童话的钟爱。虽然秦地女的故事数量不多，艺术上却相当精美，经孙剑冰整理后在《民间文学》创刊号上刊出，成为脍炙人口的名篇。让我们以《张打鹌鹑李钓鱼》为例，领略这位女故事家的口头语言魅力。

《张打鹌鹑李钓鱼》在故事学上属于"感恩的龙子和龙女"类型。故事讲述，张打鹌鹑和李钓鱼是拜把兄弟。有一天李钓鱼钓回一条金翅大鲤鱼，张打鹌鹑可怜它，把它要来背到河边放生了。谁知这鱼是海龙王的五小子。海龙王就派巡海夜叉上岸，将张打鹌鹑请进龙宫答谢他。在巡海夜叉的指点下，张打鹌鹑娶了龙女为妻。他将妻子的画像插在地头耕地，不巧画像被风刮走，落到员外院子里。员外儿子为了得到龙女，提出和张打鹌鹑打赌比输赢。在龙女的帮助下，张打鹌鹑赢得了比赛，惩罚了这伙恶人，从此小两口过上了安生日子。下面摘抄的这段原文就是从张打鹌鹑被请进龙宫讲起：

1　孙剑冰：《略述六个村的搜集工作》，《天牛郎配夫妻》第219-220页，上海文艺出版社1983年版。

五海老龙跟五小子说：

"给你哥提一斗金、一斗银来，免得回家再打鹌鹑了。"

张打鹌鹑说："金、银、珠宝我一样不拿。"

"嗨，那我能过意嘞？……这样吧，只要是我官里有的，你爱什么拿什么。"

"我看你面前那个猴哈巴狗狗怪好，我想要了回去看家。"

老汉不做声了，眼里泪光光的，心想：你怎单要她呵？

五小子在一旁说："给我哥哥吧。"

老汉说："给就给吧！"又命巡海夜叉："你送送他大哥。"

张打鹌鹑出了海就急着往家走。老远见门口还有半垛柴火。走近家门，连叫了几声妈，屋里没人答应；进屋一看，他妈在炕上老死了。他哭了一大场。过后将他妈安葬了，把哈巴狗关到屋里，就又出外打鹌鹑背柴去了。

背柴转来，隔壁王大娘给他送来两个油糕，他给哈巴狗吃，那狗不吃。他说：

"明天我好好打场鹌鹑，买上升米，和我哈巴狗狗吃顿油糕。"

二天他做营生回来，一揭锅，上层放的油糕，下边盛的肉丝汤，他饱饱吃了一顿，还给王大娘送去些。

隔一天，王大娘又给他送来两个包子，他给哈巴狗吃，那狗不吃，他就吃着说：

"明天我好好打场鹌鹑，背上背柴火，卖了和我哈巴狗狗吃顿包子。"

二天他做营生回来，揭开锅一看，上边是热腾腾的包子，下边是滚开的酸辣汤，他饱饱吃了一顿，又给王大娘送去些。

王大娘说："好乖，量点米不容易，你怎净吃好的？"

他说："大娘，我吃了你的油糕，二天就能吃上油糕；我心里想吃包子，二天就能吃上包子。"

"那你回家就说在我这里吃扁食嘞，安顿好，看到底是怎回事？"

二天早起，张打鹌鹑跟哈巴狗说："今天我好好打场鹌鹑，背上背柴火，称斤肉来，肥肥的，和我哈巴狗狗吃顿扁食。昨个我在王大娘那里吃扁食嘞。"

说罢他就走了。"呼啦"一声把门带上，没挂门环。他藏在房背后，见烟洞里冒蓝烟了，打窗子里往里一瞥，哎呀，花似的个闺女，锅台上一碗是肉，一碗是面，她正捏一个饺子往锅里撂一个，捏一个，撂一个，可快哩。张打鹌鹑脱了鞋往回走，"呼啦"一推门，瞧见门栓上搭张狗皮，便一把扯过，填进灶火里烧了。

"你还我的袄，还我的袄！"闺女直嚷嚷，也不给他做饭了，坐在灶柴上哭去啦。

"嗨，"张打鹌鹑说："好人嘞，哭什么？为啥你人不当当狗呀？！"

张打鹌鹑把饭做熟了，叫闺女吃，闺女摇摇头不吃。

哎，不吃不喝也当不得真，闺女小子终究要变成老婆汉子么。

秦地女的讲述清新自然，富有浓郁的生活气息。故事将丰富奇幻的想象与乡村生活的生动情景糅合起来，如张打鹌鹑进宫得宝、哈巴狗狗变身俊俏闺女、谜团揭开前男女主人公相互试探、真相暴露后龙女亦娇亦羞、小伙幸福临门……这些情节既富有诗情画意，又充满生活情趣。讲述人仿佛亲眼目睹一般，将人物的情态与对话描述得惟妙惟肖、生动传神，而她禁不住流露出的真挚情感与主观愿望，巧妙地穿插在故事发展中浑然天成，展现了中国民间童话的叙事传统和迷人魅力。

（2）黑尔甲。藏族故事家黑尔甲，原是农奴出身，在一个偶然机会里被肖崇素所发现。他在《奴隶与龙女·后记》中记述了采录故事的情景：

这些故事，是1954年冬天开始记的。

那时来苏一带，正下着大雪。室外温度，经常是零下16℃。深夜有时降到零下26℃。森林工业局分队部的护士们，都日夜烧着火炉，来保护她们使用的药品和安瓿。我和藏胞黑尔甲（他原是夹壁大头人的奴隶）、翻译吴三合三个人每天挤在一间小屋里的一个破木箱上，记录着这些故事。

我听着这纯朴的藏胞农民黑尔甲，时而在说，时而在唱。有时说的是仙佛收妖，有时说的是男女爱情，有时又说的是人民的愿望和理想，有时又说的是百姓对官家的反抗。时而在曼声的歌唱里寄托着无限的同情，时而在诙谐可笑处，又自己咯咯地笑起来。故事的不可捉摸，也恰如他那简单而纯朴的脸上的表情不可捉摸一样。但最宝贵的一点是他说的许多故事中，常常贯串着一种人民群众的那种排山倒海的伟大气势，和对汉族紧密团结的要求。中间包含着无限的诗意和幽默,也包含着惊人的机智和聪明。有时真令人感到惊异,怎么这样一个在雪山下为人放牧的牛娃,会有这么多优美的故事呢?为什么这样一个没接近过文化和所谓文学修养的半耕半牧的普通农民,会有这样优美的想象力和描写能力呢?有时记录得神往时,我不禁放下笔来,和他作以下的问答:

问:"你说得真好,真把我迷住了,这些故事究竟是哪里来的呢?"

答:"我讲的一部分是'上古书'上的,一部分是人们口里说的'上古书'上的故事。大部分是大土司、地藏王、弥勒佛、燃灯佛、前藏王、后藏王的故事,这是书上的。其他的就没有书,也没有人来写它。"

问:"你懂得'上古书'吗?是怎样懂得的呢?"

答:"不,我不懂。从前小的时候,跟着伯父在喇嘛寺看牛。伯父是个喇嘛,认得很多字。他常常一个人在屋子里翻书。当他读到人世痛苦和男女爱情时,常常一个人伏在书桌上哭,有时又一个人翻着书笑。晚上就讲给我听。我小时记性好,他一讲我就记住了。"

问:"那么,另外的呢?"

答:"另外的是我去草地给人做活时听来的。我小时很苦。伯父死后,就一人在外做活,跟人到处跑。草地里的故事多,每夜走到一处,一打野歇、烧菜、打尖时就有人讲。我懂十多种不同的地方话,因为这样,就记得多了。这样的故事,草地还不知有多少呢!"

问:"你怎么讲得这样好?听叭色尔讲,大部分人都知道你讲得好哩。"

答:"我也不晓得是什么原因。不论是做庄稼,或者是在高山上放牛、挖药,每到夜里,我们烧火煨茶时,都爱讲故事。我常常在这些时候替他们讲。一起干活的同伴,都说我讲得好,这样就传出去了。其实这不是我会讲,是大家替我讲过,我只是记性好,都记住就是了。"

采录者深深地被他口中充满机智幽默而饱含诗意的故事所吸引,认为"从他讲述的成就来说,不得不承认他是一个有天才的故事讲述人"。黑尔甲给我们留下了许多优美的故事,有《青蛙骑手》《塔满兹和塔尔查来鲁》《山妖的官寨》《德布藏根与三姑娘》《猎人和海公主》《塔尔真与格西满》《"脏姑娘"的奇遇》《恩里特城的乞丐》等。

他为当时的人们了解藏族民间故事打开了一扇窗。

黑尔甲是另一种类型的故事讲述家，他的故事不是来自家传，而是来自广阔草原，来自喇嘛寺里的故事书。那部"上古书"，据学者们考证，并不是什么经书，而是从印度传入的一部连环体故事集，有人把它叫做《说不完的故事》，有人叫做《尸语故事》。他是一个既同那些处于社会底层的劳动者保持着血肉联系，又有机会受到藏族深厚文化传统哺育的杰出故事家。

20 世纪 80 年代，我国的民间文学迎来了一个新的发展高潮。民间文学园地繁花似锦，民间故事的采录和研究也以空前规模展开。学者们从学理角度进一步认识到保护民间故事家的重要性，他们尽可能系统地抢救故事家的故事，传承和发展民族民间优秀文化。1983年以编选出版朝鲜族故事家金德顺的《金德顺故事集》为开端，民间文学的

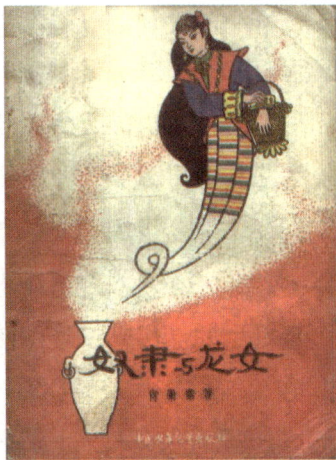

搜集者和研究者陆续发现并向全国读者推出了许多优秀故事家，他们是辽宁的三位满族故事家李成明、李马氏和佟凤乙[1]，汉族故事家谭振山[2]；山东临沂地区的四位汉族故事家胡怀梅、尹宝兰、王玉兰、刘文发[3]；河北藁城耿村故事家靳景祥[4]、靳正新[5]；鄂西汉族故事家刘德培[6]、刘德方[7]，土家族女故事家孙家香[8] 等。这里我们将介绍在全国产生了较大影响的三位著名故事家金德顺、刘德培和谭振山的情况。

---

1 张其卓、董明收集整理：《满族三老人故事集》，春风文艺出版社 1984 年版。
2 江帆记录整理：《谭振山故事精选》，辽宁教育出版社 2007 年版。
3 中国民间文艺研究会山东分会编：《临沂地区四老人故事集》，中国民间文艺研究会山东分会 1986 年版。
4 杨荣国记录：《花灯疑案》（靳景祥故事集），中国民间文艺出版社 1989 年版。
5 袁学骏主编：《靳正新故事百篇》，甘肃人民出版社 1995 年版。
6 王作栋整理：《新笑府——民间故事讲述家刘德培故事集》，上海文艺出版社 1989 年版。
7 余贵福采录、黄世堂整理：《野山笑林》（刘德方讲述），大众文艺出版社 1999 年版。
8 萧国松整理：《孙家香故事集》，长江文艺出版社 1998 年版。

（1）金德顺。金德顺老大娘 1900 年生于朝鲜庆尚北道的一个贱民家里，从小生活在社会的最底层，饱受苦难。1908 年逃荒到中国来谋生，先住吉林省长白县及舒兰县，后迁黑龙江省五常县。她小时候就喜欢听故事，她讲述的绝大部分故事，是幼年听阿妈妮、祖母、外祖母和一位姑母讲的；另外也从左邻右舍哈儿妈妮那儿听到一些。新中国成立前，在那苦难岁月里，她一家时常围坐在一起，一边搓草绳、打草鞋，一边讲故事，从中得到安慰和鼓舞。新中国成立后，她生活美满，心情舒畅，便走东家串西家，长年累月地讲起故事来，故事越讲越多，越讲越好，被人称为"故事篓子"。她在新中国成立后还努力学文化，做到了能勉强读书识字，曾阅读了一些朝鲜文的古典文学作品，因而她讲故事也吸收了书面文学的滋养。她是 1981 年 4 月被裴永镇接到家中讲故事的。下面是这位采录者的回忆评述：

按照乡下人的习惯，我专门选在夜里请她讲故事。她的故事储量那么大，是完全出乎我的意料之外的。她越讲越多，越讲越好，真使我喜出望外。她的记忆力极好，虽已古稀之年，讲述了上百个故事，却没有一个是重复的，而且，故事中的这些唱词，她也能背唱如流，出口成诵。她讲的故事，内容优美，结构完整，大都是成型的作品，很少属于片段性质的，而且语言朴素，自然流畅，富有情趣，有较强的艺术感染力。它常常使我陶醉，以至忘记了时间的流逝，一听就是大半夜，甚至通宵达旦。每当我稍有睡意时，她就给我讲上一则幽默动人的笑话，使我捧腹大笑，甚至笑出眼泪来，于是睡神便被赶得无影无踪了。她讲的故事题材广泛，品种多样，既有神话传说和幻想性较强的魔法故事，又有生活故事和机智人物故事，还有动物

朝鲜族民间故事讲述家

金德顺故事集

故事、寓言和笑话。对其中的一些故事她还掌握多种讲法，并能进行比较、分析、选择。她是一位名副其实的地道的民间故事讲述家。[1]

《金德顺故事集》收录故事 73 则，附录故事梗概 33 则，于 1983 年由上海文艺出版社出版。这是我国首次出版的民间故事讲述家的故事专集，它的问世不但使金德顺誉满全国，还打开了采录故事的新局面，被评论为"发掘民间文学宝藏的一个新开端"[2]。金德顺的故事蕴藏非常丰富，不仅是幻想故事，她的生活故事也十分出色。有一篇《懒汉娶媳妇》，讲述一个懒汉出门游荡，在偶然机遇中一次次心愿得逞，下面叙述他找媳妇的经过：

懒汉一听，心里反倒乐了。他乐啥呀？他寻思：一穗稻子换了一只耗子，一只耗子换了一只猫，一只猫换了一条狗，一条狗又换了一头牛，这回一头牛又该换回一个媳妇了！就对主人说："你知道这是一头多么贵重的牛吗？既然是

你的女儿把我的牛喂死了，那就把你的女儿赔给我做媳妇吧！"

主人一听，这哪行，一口咬定："这不公平！"当时就去官府上告了。

这官府里新来了一个糊涂官，他为了弄清这牛是咋死的，叫人把牛肚子给豁开了。一看，牛肚子里有一颗大铁钉，这糊涂官当时就判决说："既然是姑娘把牛喂死的，就该拿这个姑娘去赔牛的主人。"

你说这家人倒霉不倒霉呀！可是官府判的，又有啥法子呢！只好把十六岁的俊姑娘赔给了懒汉。

当时，这懒汉就朝人家要了一个大衣柜，把姑娘往衣柜里一装，撂在背架子上就背走了。

懒汉这回可不是瞎走了，而是往自个儿家里走。他一边走一边寻思：都说我懒，没出息，哼！这回我把媳妇背回家，好好给你们看看。他越寻思越高兴，也就不知道累，越走越快。

不过，这懒汉背的是个大活人加口柜子，也是够他受的，还没到晌午的时候，肚子里就叫唤开了，觉得又饿又

1 裴永镇：《金德顺和她所讲的故事》，《金德顺故事集》第 2 页，上海文艺出版社 1983 年版。
2 刘守华：《发掘民间文学宝藏的一个新开端》，载《采风》1984 年第 18 期。

渴。

事儿也赶巧，懒汉刚走到这么一个村口，就看见一乘娶亲的花轿进了一家大院儿。懒汉这一下可乐了，碰到办喜事的人家，进去少不了讨点酒菜吃。他这么寻思着，把背架子往村口的一棵大柳树上一靠，对姑娘说："姑娘呀姑娘，我到前边办喜事的人家要点吃的去，回来的时候也给你带点儿打糕和松饼，你在这儿等着！"

那姑娘在里边一声儿没吱。

再说这懒汉有不少日子没喝酒了，到办喜事的人家一喝起酒来，可就不是一盅两盅了，直到酒醉饭饱，他这才里倒外斜地走了出来。这个贪心的家伙，只知道填饱自个儿肚子，却忘了给姑娘带点儿吃的来，背起背架子就上路了。

这懒汉没走出几步，就发话了："嗬！怪事儿，这背架子咋比先前沉了呢？是我喝醉了酒？"

这懒汉边叨咕边打着饱嗝往前走。走啊，走啊，忽然，他觉得后屁股冰凉，原来是柜子里"滴答、滴答"往下滴水，把懒汉的裤子都湿透了。这时候懒汉又说话了："姑娘呀姑娘，你有尿也得憋

着点儿，别往我身上撒呀，再憋一会儿就到家了。"

懒汉一进大门就喊上了："阿妈妮，阿妈妮，快来呀！我把媳妇娶到家了！"阿妈妮一听，心里寻思：莫不是这懒小子真的出息成人了，还娶了媳妇回来？就赶紧跑出去接。

懒汉把背架子撂下来，把背架棍往上一支，就赶忙去开柜门儿。

等这懒汉把柜门一打开，怎么样？他眼睛发直，一屁股就瘫在那块儿了。你猜怎么着，衣柜里装的不是姑娘，全是湿漉漉的豆腐渣。

原来，岔头儿就出在懒汉半道儿喝酒上。那姑娘在柜里喊救命，正好碰见一个卖豆腐渣的，他把姑娘救出去了，又往柜子里装满了豆腐渣。[1]

"幸运"的懒汉或流浪汉是一个世界性的故事类型。在旧时代，人们大多对这类贫困不幸的幸运儿寄予同情，但金德顺却对这个不务正业、想入非非的懒汉给予嘲笑和讽刺，让他背着媳妇走一路，最后落得一场空，从一个侧面表现出新时代的故事家注重故事道德教

---

1 《中国民间故事集成·辽宁卷》第902—903页。

育的特点。即使具有道德训诫的功用，这位故事家也没有板起面孔来说理，而是将自己淳朴的价值观融入喜剧性的情节中，使读者在轻松的氛围、风趣的语言中获得深刻教益。由于个人和时代的原因，她的讲述风格具有乐观诙谐、饱含机趣的特点。

（2）谭振山。谭振山是辽宁省新民市罗家房乡太平庄的农民。1925年11月10日出生于太平庄一农家。少时勉强读了几年书，16岁辍学务农。20岁入营当了12个月的伪满洲国兵。抗战胜利"八一五"光复后回乡务农。土改时任过村文书，合作化时当过队会计，后到公社农田办公室当过一段时间的总务，70年代回家务农至今。在80年代进行的民间文学普查中，谭振山被基层工作者发现，其讲述活动开始引起外界关注。辽宁民间文艺家江帆女士从1987年采录谭振山的故事，此后对其进行了20多年的追踪调查研究，由她采录整理的《谭振山故事精选》于2007年出版，共收录故事77篇，故事目录1040则。江帆在该书的前言撰写长文《农耕文化最后的歌者——谭振山和他讲述的千则故事》，为我们介绍了他的情况：

谭振山不吸烟，少喝酒，更不赌博。他唯一的嗜好就是听故事、讲故事。从记事起，他就缠磨着家里、村里能讲故事的人，直到把他们肚子里的故事全部缠磨出来。他从20多岁起开始给别人讲故事，农忙时早晚讲，农闲时在门口或大街上讲，冬天在自家或别人家炕头讲。到30岁出头，他已成为附近十里八村中最能讲故事的人。

谭振山故事的类型特点和他本人的生活经历有很大关系。谭振山没有走南闯北的经历，他一生中虽有几次小的迁徙，但终未离开现居的太平庄几里方圆。由于他的故事传承线路比较集中，主要的几位前代故事传承人世居此地，这种封闭型的文化传承使得他的故事具有非常浓郁的地域文化特色。

谭振山故事的前代传承人主要有五位：祖母孙氏，是谭振山的人生启蒙老师，她对孙子的启蒙教育是从讲故事开始的；继祖父赵国宝，木匠手艺很有名，他很喜欢谭振山，谭振山爱听故事，老人便把他半生耍手艺吃八方听来的故事悉数讲给了他；伯父谭福臣，是一位风水先生，谭振山为躲避"胡子"曾在伯父家住过两年，谭福臣给他讲述的故事大多充满了东北地区民间信仰色彩，人称"瞎话匠"的乡邻沈斗山，因曾与谭振山同居一院，而成为谭振山直系血亲、姻亲以外另一位重要的故事传承人；教书先生国生武，从年轻时就吃斋敬佛，对人宣讲行善之道，他讲的劝人行善的故事深受谭振山喜爱。在谭振山讲述的千余则故事中，有三分之二是听这几人讲述的。

20世纪80年代中期全国范围内的民间文学普查，使谭振山走出狭小天地，施展出才华，一跃而成为地方上的文化名人。人们惊叹他那故事家的风范，无论怎样大的场面，他只要讲起故事，总是那么轻松自如，不经意地拉开话匣子，绝无半点紧张拘束之态。他讲的故事，质朴、优美、清新，动听处，举座痴迷，行家叫绝！[1]

谭振山是一位在辽河平原上耕作了大半辈子的地道农民，他和他的前辈故事家世居此地，具有浓厚的乡土观念和家园意识，他的故事讲述活动也浸透着我国农耕文化传统的深刻烙印。在村里，谭振山以喜行善、讲人缘、重德

行出名，这也导致了他对表现道德题材的民间故事特别偏爱，有一则《老龟报恩》就是谭振山经常给别人讲的"看家段儿"：

刘振江是盛京城的一个买卖人。有一次，他碰见本村财主李二搂拎着一只受伤的大龟，那大龟好像通人性，看着他掉眼泪，刘振江心肠软想救这只龟，李二搂却借机敲竹杠，跟他换了一筐红枣和三升小米，刘振江把老龟送到辽河放了生。后来刘振江在京城的姑姑生了病，他带上银两赶来给姑姑看病。银子花光了，姑姑的病还没有好，他就想把媳妇陪嫁的一个金镏子卖了换些银两。在金店，刘振江碰到一位穿着阔气的老人直喊他兄弟，还把他请到家里做客。老人赠给他十两黄金，说自己离家挺长时间了，想托刘振江捎封信回去。有了老人的馈赠，姑姑的病很快就好了，刘振江一回到家乡，便赶往老人的家马门子东边二道湾，他又会遇到什么事情呢？

第二天，刘振江就去了马门子。进堡子一打听，东边是有个二道湾，堡

---

1 江帆记录整理：《谭振山故事精选》，第1—24页，辽宁教育出版社2007年版。

子里的人都说那儿没有人家。刘振江没管那些，出堡子往东奔去了。二道湾是辽河的一个叉子，腊月里，河面上结了冰，溜光锃亮的就像一面大镜子。刘振江还没来到河边，就见对面不知啥时来了一个小孩，这小孩十四五岁，斯斯文文，走到刘振江身边，施了一礼，说："你是刘爷爷吧？我在这候你多时了。"

刘振江说："你是谁家的孩子？"

小孩说："我爷爷头些日子捎来口信，说他有书信让你带来，我估摸这两天你该来了。"

刘振江惊奇地问："你家到底在什么地方啊？"

小孩伸手往河面上一指，说："就在这儿，刘爷爷到家坐会儿吧。"

刘振江往河面上一看，怪呀，刚才还是一片亮冰，转眼间不知怎么出现了一个热热闹闹的大堡子，鸡鸣狗叫，人来人往。刘振江不明白是怎么回事，不敢去串门，就推说有事，把话岔开了。小孩也没深让，把信拆开，一目十行地看完了。

看完信，小孩说："刘爷爷，我爷爷在信上说，你是他的救命恩人，他要报答你呢。"

刘振江慌忙摆手说："可别，可别！你爷爷他是弄错了，我什么时候救过他的命？"

小孩看看信说："这上面写着嘛，三年前，他喝醉了酒，落到一个坏人手里，是你用一筐红枣、三升小米把他救了出来。你怎么忘了呢？"

刘振江一听，心里"咯噔"一下子，

他想起来了，三年前，他用红枣、小米救了一个大龟，敢情那是一个老龟精呀！那个老头，这个小孩，还有河底的堡子，不用问了，他全明白了。这他才想起在京城遇见的那个老头有点颠脚，那是当初叫柳条串伤的呀，怪不得他姓袁，他原来真就是个老鼋！

小孩看刘振江走了神，就说："我爷爷还有话呢。他说你是个好心人，他要帮助你过上好日子。咱这辽河两岸，自古就有规矩，'隔河不找地'。河北岸都是李二搂的田，这几年，我爷爷年年让河水往北岸淹，他的地都快叫河水吞光了，气得他要卖地，你手头不是有金子吗，他卖你买！"

刘振江说："我做买卖还行，种地可是外行，买那么多河套地干什么？"

小孩说："你把地分给穷人种啊，你还做你的买卖。有我爷爷保佑，你一定能发财的。"

说完，小孩又从怀里掏出几颗耀眼的珍珠，说："这是我爷爷叫我给你的，让你把这珠子卖了做本钱，今后做点大买卖。"小孩把珍珠往刘振江手里一塞。不等他答话，就噔噔噔地跑进河

上的堡子里去了。

刘振江追了两步，再看，眼前哪有什么村庄房舍，依旧是白亮亮的一片冰。[1]

故事的结局就像人们希望的那样，刘振江把田地全部分给了穷人，自己开起了大买卖，过上了好日子，财主李二搂得到了应有的惩罚。"动物报恩"是一个流传广泛的故事类型。在不同的故事中，动物的角色有很多种类，如龟、蛇、鱼、虎，甚至蚂蚁等。这些动物都曾被好心人相救，而当恩人蒙冤或受难时，它们便会各自施展神奇的力量报答恩人。这则故事鲜明地表达了善恶报应的主题，对于这类精怪故事，谭振山善于设置悬念，琢磨其中引人入胜的情节，他的讲述扣人心弦，耐人寻味。故事中有许多细节体现了北方区域文化的特点，譬如东北人性格豪爽好酒，这只龟精也是因为喝醉酒，爬上岸，才落到李二搂的手里；老龟的家住在辽河的冰层下，堡子里鸡鸣狗叫、人声鼎沸的生活场景展现了北方民众对冰下世界的丰富想象；通过善恶对比，主人公刘振江

1 江帆记录整理：《谭振山故事精选》，第127-129页，辽宁教育出版社2007年版。

重德轻财、仗义行善的东北汉子形象光彩焕发。

（3）刘德培。刘德培是鄂西山区五峰县的农民，祖籍江西。因家境贫寒，小时勉强读了两年私塾，到11岁时辍学给人帮工，年轻时干过十几种行当，曾帮人种田、修屋、背脚运货、办理红白喜事，懂得中医、算命，爱唱民歌和皮影戏，他劳碌奔波的足迹到过鄂西地区的十来个县。刘德培老人一生经历过不少坎坷曲折，无论是喜是忧是烦是闷，都有故事笑话陪伴着他，如影随形。他讲故事的口才，主要是在40年代带领一伙人爬山越岭背运货物的劳动生活中锻炼出来的。当途中歇脚、晚间住店时，他这个带班的就讲起故事来，"讲着讲着，你一个来，我一个去，越讲越多。讲的人快活，听的人也快活，嘻嘻哈哈笑一通，过后再赶路，都有劲些。"[1]1976年冬，五峰县文化馆因屋顶漏雨请人检修，来的正是刘德培。在和刘德培的交流中，王作栋敏锐地发现这位老瓦匠非同一般。他得到了湖北省民间文艺研究会的赞助和有关专家的指导，开始系统采录刘德培的故事。1983年12月23日，

《人民日报》发表了题为《深山有能人，五峰县发现民间高龄故事家》的简讯，刘德培的一组故事也在1986年第3期《民间文学》上发表，这位鄂西山区的农民故事家就这样为全国读者所熟悉，成为备受关注的"出土珍珠"。1989年，他的故事专集《新笑府》由上海文艺出版社出版，从他讲述的500多篇故事中择优选编了200余篇，另附有280篇故事的内容提要，大体呈现出他所积累的故事全貌。该书的采录整理者王作栋在《刘德培印象》中告诉我们：

刘德培自幼喜欢听老人"讲经"（即讲故事，说笑话）。在他大半生里所操持的各种行当中，足迹所到之处，他到处听，到处讲。不管怎么困苦为难，他都不忘记"讲经"。用老人自己的话说，他"听了一辈子经，自己也讲了一辈子经"。刘老讲述的故事，大致上可分为笑话、生活故事、机智人物故事、历史传说、风俗传说、公案故事、武术故事、动物故事等类别。百分之九十来源于前辈老人相传，他在讲述中有取舍增删，并加上自己的品评。百分之十来源于他

1《民间故事家刘德培研究资料集》，湖北宜昌地区文化局1988年10月编印。

朗，在艰难困苦中从不唉声叹气。这一性格特点也深深影响了他的讲述，在各种故事类型中，他最擅长讲述风趣幽默、引人开怀大笑的喜剧性故事和笑话，譬如《你是自讨的》就是他在40年代即兴创作的作品：

有一回我出门检瓦，在枇杷堉遇到一个人，在喊我："刘德培，你到哪里去呀？"我走近一看，是许翠轩。他家里发财，是个奸猾老板。我给他检过瓦，连检瓦的一点工钱他都要七搞八搞搞转去了才算数的。这次路上相遇，我问他："你忙什么去呢？"他说："我去打酒。哎，你边走边讲故事我听哟！"我不想给他讲，推托说："从何讲起哟？"他把酒壶晃了晃："说酒的故事笑话多又多，你随便讲一个就是呢！""好啰。"我答应了。

那就依你的——一户人家，生有三个儿子。爹妈指望伢子们长大了当替手分担家务，给大的取名叫"挑水的"，给老二取名为"砍柴的"，给老幺取名为"打酒的"。伢子们慢慢长成人啦，

大半生中的耳闻目睹和亲身经历，是以他自己和同辈人生涯中可气可笑的往事为素材，加工创造的。他常把后一类分散穿插在前一类中讲述，效果有时比单讲前一类还要好。[1]

刘德培不仅会讲故事，而且会编故事。在创作的过程中，他善于总结经验，《将心比心谈"讲经"》就是他几十年琢磨"讲经"的心得体会，包含了他逢高手讲经、为经文圆款、记录者要注意什么等精彩见地[2]。刘德培虽然生活坎坷，经历丰富，但是性格却乐观开

1 王作栋：《刘德培印象》，见《新笑府》上海文艺出版社 1989 年版。
2 王作栋记录整理：《刘德培：将心比心谈"讲经"》，载《民间文学》1986 年第 3 期。

爹把他们引到田里去开沟："我们田里地势低，一下大雨就遭水淹，我早就有心整一下，力量不够。现在你们都有了力气，我们就四个人一起动手，将田里挖它两条深沟吧。"

四爷子下死力，将沟挖了两三尺深。那天挖到头时，突然挖到一个土罐子。挖起来一看，满罐子银钱。他们欢天喜地，想继续挖，看还有没有，天色又已经黑了。爹说："你们三个回去睡，明日打早工来挖。我就留在这里守一夜。这里挨着路边，免得被人家打夜工挖起走哒。"

爹是心疼伢子们，他们才一二十岁。自己留下来守夜，其实也困倦得很。守到下半夜的时候，瞌睡来急啦，坐着坐着睡着啦！隔天亮不远，果然来了个人，鬼头鬼脑来挖银钱。爹听见挖锄的响动声，惊醒哒，他看见个人影子在晃，就摸起来坐在屁股底下的挖锄，给那影子拦腰就是一挖锄把，一家伙就将那人打得倒在地上。那人喊说："打不得哒！爹伢，打不得哒！"老的听见喊"爹"，连忙问："你是哪个呵？""唉，我是老么呵！""幺？你是打酒的呀？

伢呃，你贪钱贪黑了心啰！你遭我这么一家伙，岂不是自讨的么？"[1]

这篇小故事真实记录了刘德培在路途中用笑话同他人逗乐的情形，充分体现了他"随方就圆，挥洒自如"的讲述风格。虽然是即兴之作，但是故事结构巧妙，意味深长，对"贪钱贪黑了心"的那伙人给予了辛辣的嘲讽。刘德培的笑话取材于日常生活，大都趣味洋溢。笑话中的种种人物：糊涂县官、愚蠢财主、贪心店主、装神弄鬼的道士、误人性命的郎中和误人子弟的塾师，一个个丑态百出，而作为他们对立面的长工、巧媳妇等，则机智爽朗，光彩照人。他讲故事语言朴素简练，不大注意对情态的描写形容，而是苦心琢磨怎样把情节编排得更巧妙合理，人物对话更活泼精彩，于平淡自然的叙说中显出奇趣。1989 年 12 月，联合国教科文组织和中国民间文艺家协会表彰了十位中国民间故事家，刘德培名列榜首，被学者们誉为中国民间口头语言艺术大师。

3. 民间故事村

在民间故事采集活动中，人们进

1 王作栋记录整理：《新笑府》，第 463 页，上海文艺出版社 1989 年版。

一步发现，有些特殊村落相较于一般而言，讲故事之风更为盛行，它们往往具有独特的文化生态和数量可观的故事家群体，因而被称为"故事村"。其中以河北耿村和湖北伍家沟村最著名，它们南北辉映，成为民间文学蕴藏丰富的"富矿"。

耿村地处冀中平原，隶属于河北省藁城市常安镇，从明代初年开始逐渐形成村落，现有居民1250人。因处于交通要道，香火旺盛的耿王庙会和逢阴历一、六日集市，使这里集市商贸活跃，有"小村大集"之说。经商和讲故事是耿村的两大古风。在耿村，不仅男人会经营，妇女儿童也在集上摆摊卖货，生意经是自幼养成的。村民们上台讲故事不扭捏、不怯场、穷讲善念，不得说不与他们丰富的经商经历有关。四面八方的客商带来了各种各样的生产生活用品，也带来了丰富多彩的故事歌谣，形成了一个商品和口头文学的集散地。耿村之所以被称为故事村，是因为这里有一个故事讲述群体。1987年至2004年，石家庄地区先后派人对耿村故事作了11次普查，取得了丰硕成果，已出版《耿村民间故事集》5部[1]，选录故事1380篇；《耿村民间文化大观》（上、中、下）[2]；《耿村一千零一夜》6卷[3]，收录故事1100余篇；发现男女故事讲述者230多人，超过全村人口的十分之一。《耿村故事百家》[4]精选93位故事家的代表作270多篇，袁学骏在《耿村民间文学论稿》[5]一书中又从中找出8位具有出色讲述才能的故事家分别给予论评，他们是靳正新、王玉田、靳景祥、王仁礼、孙胜台、梁银兰，以及夫妻故事家张才才和侯果果。2007年，靳正新和靳景祥成为国家级非物质文化遗产项目代表性传承人。

湖北省丹江口市伍家沟则是另一种类型的故事村。它位于鄂西北著名道教圣地武当山北麓，是一个只有210多户、890多口人的小山村，村民三三两

---

1 《耿村民间故事集》1—5集，分别作为《中国民间文学集成·石家庄地区故事卷》第1、2、3、6、7卷，于1987年9月至1990年9月内部印出。
2 袁学骏、李保祥主编：《耿村民间文化大观：中国故事第一村》，北京图书馆出版社1999年版。
3 袁学骏、刘寒主编：《耿村一千零一夜》，花山文艺出版社2005年版。
4 袁学骏主编：《耿村故事百家》，中国民间文艺出版社1991年版。
5 袁学骏：《耿村民间文学论稿》，中国民间文艺出版社1989年版。

两居住在"九沟十八洼"的深山密林里，共有 17 个居民点，19 个独居户。这里荒僻闭塞，80 年代中期才通电，90 年代初期才修通公路开进汽车。由于交通闭塞，开发较晚，未经受新的经济文化生活的巨大冲击，使得丰富的民间文艺长期伴随村民古朴的农耕生涯，如同奇花异草生长在远离闹市的深山野洼一样。在伍家沟，讲故事、听故事已融入当地人的生活之中，小孩出生要讲故事，老人去世要讲故事，节日喜庆之时更要讲故事，就连结婚这天的新娘子，也必须讲个故事才能迈进婆家的门槛。据调查结果，该村会唱民歌、会讲故事的有 85 人，约占总人口的十分之一。经过当地一位热心而又能干的民间文艺家李征康的深入调查采录，先后于 1989 年和 1996 年出版了两册《伍家沟村民间故事集》[1]，选录故事 400 篇，集中介绍了伍家沟的优秀故事家 12 人。故事家罗成双于 1998 年被中国民间文艺家协会和联合国教科文组织共同授予"中国十大民间故事家"的称号。

就经济生活而论，伍家沟是一个闭塞型的山村。但就文化生活而论又有它的开放性，这里因靠近武当山这个南方最大的道教圣地和道教文化中心，明代以来，南方各地前来这儿朝山进香的人络绎不绝，居民便有大量吸收这方面传说故事的便利条件，因而许多古朴神奇染有道教色彩的幻想故事在这里世代相传，别具一格。正如我国文艺学家刘守华所言："河北耿村是中国北方平原上的一个小集镇，它的故事内容广博，现实感强，具有以儒家思想为主导的中原文化的浑厚特色。南方山村伍家沟的故事，则以染有神秘幽玄的道教文化色彩显现出自己的特殊魅力与价值。"[2]

现代社会的经济文化生活，正在破坏传统民间口头叙事艺术存在的社会基础，故事村也不可避免地受到现代文明的冲击，悄然发生着巨大的变化。袁学骏在《演变中的村落：耿村 24 年回首》中指出，近 20 年来，由于劳动生产方式的改变和外出打工人员的增多，留在村里能够经常给儿孙、邻居讲述故事的人正在减少；通过媒体的宣传报道，耿村的知名度越来越大，但是村民们自

1 韩致中主编，李征康录音整理：《伍家沟村民间故事集》，中国民间文艺出版社 1989 年版；张二江主编，李征康整理：《伍家沟村民间故事集》第二集，山东文艺出版社 1996 年版。
2 刘守华：《中国鄂西北的民间故事村伍家沟》，刊于台北《民俗曲艺》第 111 期，1998 年 1 月。

娱自乐的讲唱少了，接待性的表演活动
则在增多，等等。伍家沟村也面临相似
的问题，随着老一辈的故事讲述的人相
继去世，民间故事的传承出现青黄不接
的发展困境。为了更好地保护和传承民
族民间文化遗产，2003 年我国政府启动
了"政府主导、社会参与"的非物质文
化遗产保护工程。国家级非物质文化遗
产保护名录迄今已公布了三批，耿村民
间故事、伍家沟民间故事、走马镇民间
故事、下堡坪民间故事、都镇湾民间故
事、北票民间故事等得到国家层面的关
注和保护，11 位民间故事家被列为国家
级非物质文化遗产传承人，他们是靳景
祥（耿村民间故事）、靳正新（耿村民
间故事）、谭振山（新民县民间故事）、刘则亭（大洼
县古渔雁民间故事）、爱新觉罗·庆凯（金庆凯）（本
溪满族民间故事）、刘永芹（喀左东蒙民间故事）、刘
德方（宜昌夷陵区下堡坪民间故事）、罗成贵（丹江口
市伍家沟民间故事）、孙家香（长阳县都镇湾民间故事）、
魏显德（九龙坡区走马镇民间故事）、刘远扬（九龙坡
区走马镇民间故事）等。

三、民间故事的传承特点

1. 故事的传承语境——故事家、文本与听众

民间故事总是在一定的文化语境中传承演变的。同
一个故事，在不同的故事家那里会有不同的表演风格和

讲述形式的差异；即使是同一个故事家，在不同的时空背景下叙述同一个故事，也有可能产生新的变异。这一特点使得故事与语境的关系，成为民间故事传承研究的新领域。

我国的故事家研究一直比较关注故事家所生活的文化语境。"一方水土养一方人"，千姿百态的民间生活样式，不断丰富着故事传承人的个人素养和人生阅历；传承人将他们在生活中的所见所闻、所思所想，巧妙地融入他们的故事讲述之中；多次反复的表演实践，锤炼了口头艺术语言，使故事情节在不断熟练的构思中变得更为精巧。如裴永镇对辽宁朝鲜族故事家金德顺的研究，王作栋对鄂西故事家刘德培的研究，袁学骏对河北耿村故事家群体的研究，江帆对辽宁故事家谭振山的研究，靖一民对山东沂蒙地区故事家胡怀梅等的研究等，都是把故事家和他（她）讲述的故事放在其所生活的语境中加以综合考察，即从一种生活语境的视角，将如下问题纳入研究的范畴，譬如故事家是如何学习民间文学的，他的故事是从哪里传承而来，他的讲述风格和他的生活史有着怎样的关联等。

20世纪60年代末70年代初，美国民俗学界兴起的表演理论，使表演语境成为民间文学研究的重要方向。表演理论的一个突出特点，是不再单纯以民间文学的文本为中心，专注于文本的采集、注释、传播的研究，而是更重视传承人富于活力的创造性表演，关注时间、地点、表演的具体情景对传承人创作的影响，以及故事传承人与听众之间的互动过程。表演理论的提出转变了人们对于民间口头文学的静态认识，将研究实践活动引向新的领域。作为表演理论的代表人物，美国学者理查德·鲍曼在《故事、表演和事件》一书对得克萨斯流行口头叙事进行了一项研究。他在比较一个美国故事讲述家15年中讲述同一故事的3个异文之后，发现故事的长度明显地一次次增加了。原因何在呢？他除了注意到故事情节插曲的增加，母题的粘连，故事内容的丰富，以及这些变化对故事讲述的影响之外，还特别留心考察了故事变化和讲述语境变化之间的关联。原来15年前，听众是他狩猎打鱼的同伴，大家对故事背景知识很了解，所以讲得比较简短；而15年后讲述人成了公共场合的表演者，听众对故事背景一无所知，他便在故事中加入了许多介绍他个人和狩猎活动的细节描写。正是这种语境的变化促成了故事文本的变化[1]。

表演理论所讨论的这些问题，与民间故事的讲述实践是相符合的。譬如刘德培经过长期揣摩积累总结的一些经验，与美国的表演理论就有许多共通的地方。他说："讲经的时候，听的人觉得哪个经文无滋寡味，听得打哈欠，都想走，你讲的人脸上也无光。讲的人要察言观色的哩！随便哪个经文，人家讲时没有取到彩，或是自己讲的时候没有取到彩，我下来就在心里改一下，改哒再讲。"[2]他懂得一点中医原理，把讲故事和中医看病拿脉相比，说："看病先要拿脉，讲经也是一样。""脉拿准了，千个师傅万个法，各人照各人的讲，这个这里多两句趣话，那个那里少两句淡话，都是有的。就说我自己，这次兴这么讲，下次也兴多句把话，少句把话，两次的不一定是原封原样。但君臣佐使，为主的都一样。"[3]这些朴素而深刻的理论包含了一位故事家对故事表演语境和表演方法的思考，与西方学人倡导的表演理论具有殊途同归的价值。

2. 故事的传承线路——家族传承与社会传承

家族传承多由女性向孩子讲述，最常见的是秦地女所讲的，从"老姥姥"到"姥姥"到"妈妈"再到自己这样一种家族传承。日本学者研究故事家的传承活动时说："他们像是世袭的那样，在一个家里代代相传。"[4]我们不少人都忘不了，在那寂寞的冬夜，妈妈一边做着针线活，一边娓娓动听地给身边的孩子讲故事的情景。家庭传承的故事内容富于教育性和知识性，有本民族的神话传说、本家族先辈的传奇故事；或取材于人们日常生活的童话及生活故事；讲孝顺父母、家庭和睦、坏人遭灾、好人得济的故事占有很大比重。

湖北土家族女故事家孙家香喜欢用故事来教育孩子，用故事来排遣忧愁，增添欢乐。她说："我一遇事就讲'经'，讲'经'能解愁。""事情落到头上来了，急也没用，还是讲'经'。讲些'经'，自想自解。"孙家香"遇到狠的欺侮孬

---

1 杨利慧：《表演理论与民间叙事研究》，《民俗研究》2004 年第 1 期。
2 王作栋记录整理：《刘德培：将心比心谈"讲经"》，载《民间文学》1986 年第 3 期。
3 《湖北省民间文学论文选》，第 202 页，中国民间文艺研究会湖北分会（内部资料）1983 年版。
4 [日] 野村纯一：《日本民间故事讲述家的研究》，《民间文学论集》第三集，第 398 页，中国民间文艺研究会辽宁分会（内部资料）1985 年版。

的（人），就讲孬的怎样把狠的搞赢；遇到伢子们对大人不好，就讲恶子遭雷打；遇到借东西不还，就讲还来生账；遇到学生逃学，就讲毛铁磨成针；遇到铺张浪费的，就讲大户人家变成讨米佬；遇到打架，就讲两个做生意的和好；遇到糟蹋粮食的，就讲讨米佬在茅司板上捡饭吃……"[1]孙家香常讲的篇目中有许多关于妇女生活及家庭伦理道德主题的故事，如《包白菜姑娘》《幺媳妇》《男嫁匠和女嫁匠斗法》《蛤蟆子成亲》《懒汉问佛》《天地良心》等。山东沂蒙山区的女故事家尹宝兰、胡怀梅、王玉兰等也都具有上述共同的特点。可见，民间故事的家族传承是家庭文化和家庭教育的重要方面，也是故事传承的重要途径。

社会传承是在一定社会生活范围内，由共同生活、劳动的伙伴彼此讲故事。讲述者和听者是平等的伙伴关系，这些故事富于趣味性和娱乐性。因故事来源广泛，所以内容和形式更富于变化，显得更为活泼。一般男性故事家偏于社会传承，虽然他们也在家里听故事、讲故事，但是主要传承活动则在社会生产

生活中，在"吃百家饭"的地方。这些故事传承人大都走南闯北，见多识广、阅历丰富，以听讲故事作为自己喜好的文化娱乐活动。

在社会传承型故事讲述者刘文法常讲的23篇故事中，与土家族孙家香相同类别的故事只有3篇，占10%左右，而以男性为主角，表现较为广阔的社会历史与现实生活内容的故事占有绝对优势。比较流行的故事有：《王羲之听棋》《雍正挨揍》《王中大鬼》《骚吕洞仙》《笨地主》《憨子做买卖》《三个怕婆人告状》等。相较于家族传承而言，社会传承故事更鲜明地表达了劳动人民对旧社会的强烈不满与愤怒抗争情绪，那些讲述某个机智人物巧妙捉弄地主官府令人开怀大笑的故事，便流行在这个圈子里。它们像野外草台班演出的民间小戏那样，大胆泼辣，无所顾忌。对腐朽陈旧的社会制度和伦理道德，往往表现出可贵的叛逆精神。

当然，家庭传承与社会传承也并不是截然对立的，也常有互相融合、彼此转化的情况。民间故事通过多种线路传播，具有无孔不入的流动能力。家族

---

1 萧国松：《孙家大婶娘》，载《孙家香故事集》，长江文艺出版社1998年版。

传承与社会传承结合，构成一张经纬线索交织的故事流动网，覆盖着故事园地。而那些有影响的故事讲述家，便成了这张网上星星点点的网结。

3. 故事的传承方式——口头传承与书面传承

民间故事以口头传承为主，这是显而易见的。但往往也有书面传承，口头与书面相结合的情况。以金德顺为例，她曾努力学习文化，"阅读了朝鲜文古版的《春香传》《亨卜传》《沈青传》《蔷花红莲传》《狡兔传》以及《三国志》等话本和唱本。这无疑对她讲故事是有裨益的，有助于故事的丰富和完善，有助于提高她的艺术表现能力"。[1] 像金德顺这样的情况并不是个别的。就我们所知的三十几位故事讲述家来看，真正不识字的只有一半，另一半则具有初等以至中等文化程度。

还有一些人间接受到书面文学的影响。如黑尔甲本人不识字，他伯父却是个识字的喇嘛，给他讲了来自《尸语故事》这部书上的故事。胡怀梅老大娘不识字，她所讲故事中却有《欧阳修巧对赖秀才》《李白赶考》《九岁神童惊乾隆》等以咏诗联对构成情节的故事，细查究竟，原来她堂祖父是个老秀才，在村里开药铺，胡怀梅小时常到铺子里去听他讲故事。他们口头讲述的故事，融会着书面文学成分，是不言而喻的。

书面传承和口头传承的结合，一方面指某些口头文学作品被人写定，以书面形式传播，然后再进入口头文学领域。如马亚川讲述的满族传说故事，有一些是从他当厨子的外祖父口头听来的，还有许多是从一位晚清秀才抄写的包括1500多个故事的《女真谱评》上看来的。后来这部书散失了，其中的故事却在他的记忆里和口头上保留到今天。同时，这种结合也包括原本是书面文学的作品转化成口头文学。黄龟渊在学校读书时，老师白天教书，晚上给学生讲故事。他至今所讲的一些历史故事和名人传说，实际上是老师依据汉文典籍传讲下来的。现今口头传承的中国民间故事中，直接和间接受到书面文学影响的事例俯拾即是，它给予中国民间故事的内容和形式以相当深刻的影响。

西方学者把口头性强调到不适当的地步，只承认纯粹的口头文学，将我

---

1 裴永镇：《金德顺和她所讲的故事》，《金德顺故事集》第4页，上海文艺出版社1983年版。

国民间广泛流传的咏诗联对故事都排斥在民间文学之外，是不合时宜的。我国是一个书面文化遗产丰厚的国家，研究中国的民间文学，不能不重视这一历史文化传统，对书面文学和口头文学的互相渗透以及书面传承和口头传承的密切结合理应给予充分的注意。

4. 故事的传承与创新、稳定与变异

高明的故事家从来不满足于简单地转述前辈和他人的故事，而是创造性地参与故事传承活动。既尊重世代相传的民众集体创作的艺术成果，又依据个人的生活体验和艺术智慧作一定程度的加工润色，从而表现出故事家的个人风格。洛德在《故事的歌手》中说，真正的口头诗人的每一次表演都是单独的歌，每一次表演都带有歌手的标记。故事歌手既属于传统，也是个体的创造者。譬如辽宁著名故事家谭振山在讲故事时有"三不讲"的规矩：女人在场不讲"荤"故事，若情节中有"荤"，点到为止；小孩在场不讲鬼故事，若情节中有鬼出现，他总是故意丢点落点，或者在后面缝合几句，

讲明故事中的鬼是人装的，唯恐吓坏孩子；人多的场合，不讲思想意识不好的故事，而专讲对听众有道德训诫作用的故事[1]。以女性故事家而论，山东的胡怀梅和金德顺相比，她们口中的故事也烙印着不同的个性色彩。金德顺讲述故事特别注重描绘情景，语言细腻传神。下面这个场面是很有代表性的：

一个女人应声开了门，把小伙子迎了进去。小伙子进了屋借着灯光一打量，嗬！好一个漂亮的姑娘！花一样的脸蛋，配上闪亮的眼睛，还有一双油黑发辫儿，美丽得像刚出水的荷花，又像中秋的一轮明月。小伙子眼睛发直，心里发慌，心口窝就像揣着个小兔子怦怦直跳。（《蛇姑娘》）

金德顺是朝鲜族故事家，但也不是每一个朝鲜族故事家都这么讲。这样的语言风格看来同她自己吸收了朝鲜书面文学影响以及平日生活感受有关。山东的胡怀梅老人讲故事就没有这么细腻，可是她常在讲述中穿插进说书和戏

---

1 江帆采录整理：《谭振山故事精选》，第15页，辽宁教育出版社2007年版。

曲格调的语句，显得别具一格。如讲《孟姜女送皇袍》时的一个插曲：

太白金星领旨下了玉殿，一驾云头三千里，三驾云头九千里，这个走法还嫌慢，后边加上吹云风，拨开云头往下看，不知到了啥地名。拨云扇子拿在手，才知到了万里程。到了九官墙下，把这个勾魂牌一举，把范郎的灵魂调了出来……说道："范喜郎啊，范喜郎，你妻身居庙界，我把你送到清凉庙去，你夫妻相会去吧！天明五更不要惊动了鸡犬，早早回到九官墙下。"

据记录整理者介绍，原来胡怀梅喜欢听书、听戏，而且记忆力好，常把听过的说书段子和戏文原原本本地讲给别人听。这样积久成习，就形成了她自己讲述故事的语言风格。

在故事讲述活动中，一方面，要保持它们基本情节的相对稳定性；另一方面，又允许讲述者在局部情节和细节方面有所变异，以发挥他们个人的创造性。这种特点是怎样在世世代代的讲述活动中保持下来的呢？为了揭示故事传承的这一奥秘，美国学者汤普森在《世界民间故事分类学》的"民间故事生活史"一章中，提出民间故事有一种"自我修正规律"：

那些故事讲述家所熟悉的某一个故事，并不是只听过一次，而是常常听别人讲；而且他们并不是只听一个人讲，而是听许多人以不同的方式来讲它。这样，他就会从中综合出关于这个故事的一种标准型，从而使他在讲述时不会改变这个故事的基本面貌。如果离开了，聪明的听众也会纠正粗心的讲述者，使故事接近于人们经常性的那种讲法。高明的故事讲述家很重视保持故事面貌的稳定性，同时又适当地加入个人的创造与变化。当这种变化使听众更加喜欢而被重述，流行开来，便取代原型中的相应部分，形成一种新的异文了[1]。

1[美]斯蒂·汤普森：《世界民间故事分类学》第524—525页，上海文艺出版社1991年版。

第三章
动物故事赏析

DONGWU GUSHI SHANGXI

动物故事是以动物为主人公，讲述动物与动物、动物与人之间恩怨纠葛的民间口头叙事文学。与人类生活在同一个生存空间里的动物，有时是人类得力的助手，是他们相依为伴的朋友，有时是人类强劲的敌手，是给他们带来灾害的猛兽。在与动物同生共存的接触与交流中，人类获知了动物的生物特性和活动习性，积累了相应的知识和经验，由此构成了色彩斑斓的动物故事。

　　一般来说，动物故事可以简明地分为"动物"以及"动物与人"两大系列。一是完全以动物为角色，在动物世界里展开的故事。动物之间的冲突纠葛，既是按动物的生活习性展开，十分活泼有趣；又象征性地折射出人类社会生活某些方面的特点。二是以人与动物的纠葛构成有趣的情节。动物与人类的关系，不外乎与人敌对祸害人类，或对人友善助人得福两方面，民众口头叙说最多的是人与动物相互救助的感人故事。它既反映出在漫长岁月里人与周围动物结成的亲密友好关系，也折射出传承这些故事的广大民众善良慈爱的心地。

　　动物故事以描绘奇特有趣的动物世界来吸引人们。这个动物世界并非动物自然生态的再现，而是对人类社会生活的折射。它们"形似"动物世界，却"神似"人间百态，成为两个世界的巧妙融合，并由此寄寓丰富而深刻的社会人生哲理。口头文学家正是在这似与不似之间施展艺术智慧编织故事，赋予这些动物故事以妙趣横生又意味深长的魅力。

这里需要特别说明的是动物故事与寓言的关系。寓言是用生动有趣的小故事来阐发哲理，寄托教训，以发人深省。有不少学者认为，寓言是从动物故事发展而来。有些精彩的寓言最初只是普通的动物故事，后来人们借用和改造这些动物故事，不断提炼其主题以寄托现实的譬喻意义，逐渐演变成为寓言[1]。而就寓言的内容而言，既有以动物为主角的寓言，也有以人物为主角的寓言，因此，丁乃通先生在编撰《中国民间故事类型索引》时，按 AT 分类法的体系，将动物角色的寓言列入"动物故事"，而将《守株待兔》《郑人买履》等以蠢人为主角的寓言列入"笑话"。本文依照上述分类方法，重点选录了一些生动有趣的动物故事以及精美的动物寓言。

一、屋漏

屋漏（汉族）

有这么老两口子挺穷，养一条毛驴精瘦，住两间小房子稀破，在炕头上坐着能瞧得见天上的星星月亮。一遇着阴天下雨，地上漏，炕上也漏，漏得老两口没处藏没处躲的，他俩就叨咕：

"天不怕，地不怕，就怕屋漏！"

这天半夜，天阴得黑水灵灵的。老两口犯愁了，就

---

1 许钰：《动物故事和寓言》，见《口承故事论》，第33—44页，北京师范大学出版社1999年版。

又念叨：

“天不怕，地不怕，就怕屋漏！”

这工夫，有一只老虎趴在房前牲口槽子底下，想等老两口睡着了偷驴吃，它一听屋里说天不怕，地不怕，就怕屋漏，可就犯了难。我怕天，天打雷能把我击死；我怕地，地发水能把我淹死。这人天也不怕，地也不怕，就怕屋漏，想必这东西比人，比天地还要邪乎，可这屋漏是啥样的呢？

老虎正胆突突地琢磨，来了个小偷也想偷驴，黑灯瞎火地一摸，摸到了老虎身上。老虎一想：我这老虎屁股从来就没人敢摸，是谁这老大胆子竟敢摸到我身上来了？妈呀，八成是屋漏吧？

小偷一摸这“驴”挺肉乎怪肥的，他就想解开缰绳拉走。他东一把西一把胡掳了一气没有摸着缰绳在哪里，就想：这驴八成是散逛没拴，骑上走啵！小偷一偏腿就骑到老虎身上了。

老虎害怕正想走，小偷“嗪儿”一下就把它骑上了。老虎暗叫一声天哪，可不好喽，“屋漏”骑到我身上啦，快逃命啊！“噌”，蹿起来撒腿就跑。

小偷一看“驴”毛了，吓得死命抓住虎脖领子皮，闭上眼睛任它跑，只听得耳边呼呼风响。小偷心想：这驴可不是一般的驴，大概是一匹千里驹，这下子活该我走运要发大财了。

老虎驮着小偷没命地跑，跑到天蒙蒙亮，钻进一片老林。见“屋漏”黏乎乎地骑在身上咋甩甩不掉，它就贴着大树跑，想把小偷刮下去。

天亮了。小偷一瞅骑着老虎跑了一宿，当时就吓麻爪儿了。他想下来，老虎搂着搂着地跑，下不去，这才叫骑虎难下呢。小偷正着急，见老虎进了老林往树上靠，便抓住树枝一悠，爬树上去了。

老虎见可把“屋漏”甩下去了，乐得够呛，怕再来撵它便头也没回就接着往前跑。老虎跑着跑着，遇见一只猴子。

猴子一瞅老虎那呵哧带喘的样儿，问：“虎大哥，虎大哥，你跑啥呀？”

老虎说：“屋漏撵上来啦！”

“屋漏，啥叫屋漏？”猴子问。

老虎就把怎么来怎么去说了。

猴子一听情景就猜摸出屋漏像人，可它没说破，想在老虎面前显示显示自个儿的能耐，又问：

“虎大哥，屋漏在哪？”

“那边林子里。”

“能领我去瞧瞧吗？”

老虎吓一跳："我可不敢啦！"

猴子一笑，说："别怕嘛，小弟我专门能整治屋漏。"

"你可拉倒吧！就凭你那尖嘴巴猴的样子还有那能耐？"

"唉，人不可貌相，海水不可斗量，谁还能调理你咋的！"

老虎想了想，说："你猴奸猴奸的，我领你去了，到那里再治不了屋漏，你掉屁股一跑，扔下我咋整？不去，不去！"

猴子眨巴眨巴眼，说："你怕我把你扔下，咱拿条绳子，那头拴在你的腰上，这头绑在我的脖上，我不就想跑也跑不了吗？"

老虎说："中。"

它两个拿绳子拴好了，一齐来到树下。

猴子往树上一瞅果真是人，它就想把小偷抓下来送给老虎。

小偷见老虎领个猴子来抓他，吓得往树尖爬。可猴子爬树比人快，三抓挠两抓挠就撵上了，上去一爪子就把小偷的裤子给拽了下来。小偷吓拉了稀，

"哧喽"，窜了猴子满身满脸，臭得它大叫一声：

"哎呀，漏啦！"

老虎一听漏来了，吓得掉屁股就跑，一顿跑就把猴子给捞死了。等它跑不动收住脚，回头一看，猴子被勒得龇牙咧嘴的样儿，气坏了，说："尖嘴猴子呀尖嘴猴，你猴奸八怪的真不可交，我他妈累得够呛，你还在那儿龇牙乐呢！"[1]

这是由一位七十多岁的老人薛天智讲述的故事。他出生于辽宁省沈阳市，是当地有名的"故事篓子"。他讲述的这则"老虎怕漏"是一个深受中国民众喜爱的故事类型，较早就进入了学者的研究视野。1929 年，钟敬文先生在《中国民间故事型式》一文中，将其定名为"怕漏型"故事[2]。丁乃通先生也在《中国民间故事类型索引》中注明，AT177"贼和老虎"型故事常常是"屋漏"，有时在 AT78B"猴子把自己用绳子捆在老虎身上"之前[3]。该故事类型广泛流传于我国广大汉族地区，以及

---

1 刘敏搜集整理：《薛天智故事选》，沈阳市 1985 年编印本。
2 《钟敬文民间文学论集》（下），第 350 页，上海文艺出版社 1985 年版。
3 [美] 丁乃通：《中国民间故事类型索引》，第 35 页，中国民间文艺出版社 1986 年版。

湖南土家族，宁夏回族，青海裕固族，四川彝族，西藏藏族，云南景颇族、德昂族、傈僳族、仡佬族等民族和地区。

"老虎怕漏"型故事的突出特点是，由动物对人类语言的理解错误而接连发生一连串的误会，构成风趣幽默、引人入胜的情节。"屋漏"是老两口拮据生活的写照，但是老虎并不是从当时天要下雨或正在下雨的特殊语境中理解，而是截取老两口对话中的"天不怕，地不怕，就怕屋漏"单独理解，这让原本"做贼心虚"的老虎无比恐惧，而同样心怀不轨的还有潜入牲口圈中的偷驴贼。故事正是通过动物对人类的"语言误解"制造悬念，同时也为故事的发展埋下伏笔。

故事由人与动物的误解开始，后面的情节则更加环环相扣。老虎把小偷当成"屋漏"，小偷误将老虎当驴偷走；老虎想甩掉可怕的"屋漏"，小偷也借机逃脱到树上；猴子与老虎系在一起回来看"漏"，怕"漏"的老虎让猴子查看真相；猴子被吓坏了的小偷拉了一脸，最后又恰好说了句"漏啦"而被绳子勒死。故事就是依靠这些巧合推动情节向前发展，使故事在恰巧中见奇妙，紧凑而富于变化。故事结尾的描写让这

种诙谐幽默的叙事风格更加凸显："尖嘴猴子呀尖嘴猴，你猴奸八怪的真不可交，我他妈累得够呛，你还在那儿龇牙乐呢！"将故事的"喜剧性"表现得淋漓尽致。除了风趣幽默的叙述风格，故事也对偷盗行为进行了辛辣的讽刺和批判。傈僳族《看漏》中的两个小偷受惊吓后，发誓再也不干盗窃的缺德事，老老实实在家干活；傣族《蓑衣与塔扇》中的两个小偷"庆幸这次是死里逃生，他发誓以后再也不和塔扇去偷盗"。

众多"怕漏型"故事异文既遵循较为固定的发展结构，又呈现出不同地域、不同民族的文化特色。大体来说，"怕漏型"故事在我国境内至少有三个相对稳定的传承系统：一是以汉族为主体的传承系统，该类型故事结构基本遵循"听到漏—害怕漏—摔掉漏—证实漏—逃避漏"；故事角色在这里变化不大，基本为老两口、老虎、小偷和猴子。二是以傣族、德昂族为中心的西南山地民族传承系统，该系统的"怕漏型"故事较多地出现蓑衣、斗笠等雨具以及大象、老虎、兔子等西南山区常见的动物。三是以青藏高原为核心的传承系统，该系统的"怕漏"型故事常常与王位继承有关[1]。除此之

外，该类型故事还广泛流传于日本、朝鲜、印度等地，《日本民间故事》中有一篇《旧屋漏雨》[2]，就与中国的《屋漏》故事极为相似，充分显示了该故事类型兴盛不衰的生命力。

二、兔杀狮

兔杀狮（藏族）

从前，一个兔子和一个狮子住在相近的地方，他们虽是邻居，但是狮子很骄傲，总是夸自己力气大，看不起兔子，常常欺侮兔子，吓唬他，兔子实在忍不下去了，就想报复，他跟狮子说：

"喂，喂，老大哥！我在一处遇见一个长得跟你一模一样的动物，他这样跟我说：'有敢跟我比赛的么？如果有，就叫他来比；如果不敢来比，就都得服我管，侍候我！'这真是气死人的大话呀！这个家伙真是目中无人呀！"

狮子说："你没有跟他提过我么？"

兔子说："不提还好，我一提你，他在鼻子里哼了一声，说了好些不入耳的话，说你当他的跟班他都不要！"

狮子气急了，忙问："他在哪里？在哪里？"

于是兔子把狮子领到山后，远远地指着一口很深的井，说："就在那里面。"

---

1 刘守华主编：《中国民间故事类型研究》，第95-96页，华中师范大学出版社2002年版。
2[日]关敬吾：《日本民间故事选》，第461页，中国民间文艺出版社1982年版。

狮子走到井边上，气汹汹地向里面一望，果然有一个跟他一模一样的敌人，也气汹汹地瞪着自己。狮子对他吼了一声，敌人也对狮子吼了一声。狮子气得头上的毛都扎散起来了，敌人也把头上的毛扎散了起来。狮子张牙舞爪吓唬敌人，敌人也张牙舞爪来吓唬狮子。狮子气急了，使足全身力气，纵身就往井里一扑。骄傲的狮子，于是就掉在井里淹死了。[1]

这则寓言记录在《萨迦格言注释》故事集里，同时也广泛流传在人民群众的口头中。丁乃通在《中国民间故事类型索引》中，将其归为 AT34 型，即狮子为杀掉比自己凶恶的影子，在兔子怂愚下丧命的故事。这则短小精悍的寓言以其生动鲜明的动物形象、活泼风趣的语言风格，格外受到喜爱动物的儿童们的欢迎。

这是一则发生在动物世界里的故事。凶猛的狮子欺负弱小的兔子，兔子敌不过狮子，就用智慧来激将它，最后骄傲而愚蠢的狮子跳到井里淹死了。这里刻画的兔子与狮子的形象，既符合它们的形态习性和在自然界里的关系，又象征性地反映了人类社会里的弱者可以运用自己的智慧战胜强敌的斗争经验。对动物形象这种亦人亦物的特点，林一白（张紫晨）在《略论动物故事》中作了很好的概括："动物故事中的动物形象，乃是劳动人民在现实与幻想交织中

1《兔杀狮》，《藏族民间故事选》，第391-392页，上海文艺出版社1980年版。

既概括了动物的习性，又注入了人的思想的一种艺术创造。这种拟人化的结果，就使这些故事中的动物形象呈现出复杂的状态。那就是它既是动物，又不是动物；既不是人，又是人。它是人和动物的统一，是现实和幻想的统一。"[1]在上述故事中，狮子是恃强凌弱的典型，兔子是智慧勇敢的化身，它们之间的矛盾纠葛折射出人类社会生活的某些关系和特点。

学者们研究发现，这一类型的故事最早来源于印度。《五卷书》是印度古代的一部童话、寓言集，该书的第一卷第七个故事《狮与兔》，传入我国后演变为藏族的《兔杀狮》[2]及汉族的《兔子智除虎王》等[3]。在文化的影响渗透中，这些印度故事也与我国本土文化相交融而形成独特的艺术魅力。譬如藏族的兔子故事是雪域高原流传极广、影响颇深的动物故事，它在藏族文化流程中传承了上千年，形成了自己鲜明的特色。除了上述《兔子报仇》外，还有《兔子和狼》《聪明的兔子》《小兔子洛珠》《兔子逃"喳儿"》等。有一则《兔子报仇》讲述，一只老虎和一只兔子住在一起，老虎经常欺负兔子，兔子很气恼，决定报仇。兔子骗老虎弄瞎了自己的眼睛，又把它带到悬崖边上。兔子在老虎面前生起火，老虎往后一挪，从悬崖上掉下去，却咬住了从半山腰横长出来的一棵树。兔子说，老虎叔叔，你要是条好汉，就说声"啊"。老虎口一张，从树上掉下去摔死了[4]。这些藏族故事中的兔子勤劳、善良、勇敢、敏捷、聪明机智，充满着正义感，从它不畏强暴，勇敢地与欺压弱小的强敌抗争就可见一斑，它们是藏族劳动人民的理想化身。

尽管这则寓言故事篇幅短小，但却活泼有趣，富有哲理。在不公的社会中，劳苦大众关于弱者通过运用自己的勇敢智慧打败强敌的闪光思想，就在这类小动物战胜大动物的生动叙说里得到有力的表现，给予在困境中奋斗挣扎的民众以宝贵的启示和鼓舞。正如藏族《萨迦格言》中所写的："智

---

1 林一白（张紫晨）：《略论动物故事》，《民间文学》1965年第3期。
2 《兔子报仇》编入《藏族民间故事选》时，改题为《兔杀狮》，第391—392页，上海文艺出版社1980年版。
3 刘守华：《印度〈五卷书〉与中国民间故事》，见《比较故事学》第171页，上海文艺出版社1995年版。
4 《兔子报仇》，《藏族民间故事选》，第393—394页，上海文艺出版社1980年版。

者虽然体力小，智慧能把强敌扫，野兔因为有智谋，竟把狮子消灭掉。"

人虎缘（土家族）

从前，有母子俩，住在青山老林的一座茅棚里。母亲双目不见，就靠儿子冉孝弄柴卖了买米度日。每天，天不见亮冉孝就起床把饭做好，让母亲吃饱，自己吃点锅巴稀饭也算一餐，十几年如一日，从不对母亲说一句重话。

有一年腊月的一天，冉孝上山弄柴，在一个悬崖边砍一根干青枫树，砍到快断的时候，他从老坎使力一掀，轰的一声！连人带柴滚下悬岩，挂在半山腰的土台台上。昏迷中，他听到有呼呼的声音，醒来一看！见两只斑斓大虎偎在身旁，舔着他身上的血。环顾四周，上下是万丈悬崖，巴掌宽个路，陡得像板壁。冉孝不觉心惊肉跳，连忙对老虎说："虎王，虎王，你莫吃我吧，吃了我，就等于吃了我的瞎子老母亲啊。"老虎对冉孝点头三下，便卧在悬崖外边拦住冉孝，免得他摔下去。

第二天，那只公虎把背脊往冉孝身上靠，母虎用脚把冉孝往公虎背上掀。冉孝说："虎王，你是背我下山吗？"老虎点头三下，冉孝骑上虎背，老虎驮着他几步就下了山，一直把他背在屋边。冉孝说："虎王，我到家了。"老虎后脚一蹲，冉孝下了虎背，便对老虎作了个揖，老虎摇头摆尾地上山去了。这时冉孝的母亲正在哭哭啼啼地喊他。冉孝连忙走进屋，对母亲说："妈！

我回来了，您老人家莫哭了。"再看看屋里，什么东西都没有，年也快到了，又是大雪封山，不能出门，便在米桶里抹得两把米，急忙烧火，煮了半鼎罐稀饭，让母亲吃饱后，自己喝了点米汤。晚上，冉孝烧起树疙瘩火，点起松树油灯，正在跟母亲讲他上山砍柴遇老虎的经过，忽然听到外面有呼呼的声音，冉孝举起火把一看，嗨！那只老虎肩上扛着一头肥猪来了，冉孝吓得往后退。老虎把肥猪放在门口就走了。冉孝麻起胆子把肥猪拖进屋整出来，两娘母过了一个热闹年。

第二年正月间，有两个打虎将来到冉孝家里打住。他们问冉孝："你住在这荒茅野地看见老虎没有？"冉孝说："从来没见过老虎。"打虎将住了几天就走了。从此，这两只老虎每隔49天不是送一头肥猪就是送一只羊，冉孝两母子的日子也一天天好起来。

有一年，一个新县官上任，带着家眷，人夫轿马地从冉孝家后山路过。他们在山坳上歇气的时候，忽然两只老虎从山林里扑了出来。县官与随从人马吓得四处逃奔，县官的女儿没有跑脱，被母老虎衔进大山里去了。县官眼见女儿被老虎衔进山去了，也无可奈何。急忙催促随从人员把县太太和贵重物品抬跑了。

当天晚上，老虎把小姐衔到冉孝家里，冉孝说："虎王，你是从哪里衔来的官家小姐？不要伤害她的性命，把她送回去吧。"老虎只是摇头。冉孝又说："你是要把她留在这里吧？"老虎又点头三下，把小姐放在冉孝家里，摇头摆尾地进山去了。

小姐见冉孝心地好，救了她的命，便对冉母说："老妈妈，我愿服侍您一辈子。"又对冉孝拜了拜说："今天是你救了我，我愿与你终身到老。"冉母说："你是哪家的小姐，我不敢答应你的好心。"冉孝说："我们家么子都没有，靠弄柴卖过日子，母亲都难得养活，你怎么吃得这样的苦呢？"小姐把她的家世和怎么被老虎抢走的事讲了一遍。冉孝说："这我就更不敢了，你是官家的女儿，我是穷苦老百姓，你还是回去吧。"小姐说："这万山老林，你叫我往哪里走？老虎有灵性，听你的话，离开了你，老虎早迟要吃掉我的。如今，老虎把我送到你屋里，就是住岩洞、吃野果都要与你在一起，冷死、饿死总比让老虎吃掉好些吧。"冉孝见她讲得造孽，便答应她住下来。

两人成亲后，冉孝还是弄柴卖，小姐也学会了种菜园子。以后每隔七七四十九天，老虎就给他们送来肥猪肥羊。后来他们搬到山下十字路口开了个小店，炸油粑粑、卖油茶汤。热茶、凉水，供行人饮用，从不收一个钱。从此以后，一家人日子越过越好，小姐又生了一子一女。

十多年后，那个县官升为府官，依然是人夫轿马地从冉孝店门前路过，大家停在店子上歇气。县官问冉孝当地有没有石匠，冉孝问："你找石匠做么子？"县官说："我要在这山坳上立一座石碑。十年前，我去上任，带有一女，在山坳上被老虎抢走。现立一碑，一来是作个纪念，二来告知父老乡邻以防老虎再伤人命。"小姐一旁听到，丢掉手里的油粑粑窝子，喊了一声："爹！"扑在县官的怀里。父女、母女相认，一家人抱头大哭一场。小姐把冉孝救她的事说了一遍，县大人也感激得不得了，便和随从人马住下来。晚上县官跟冉孝、冉母、女儿讲了一通夜，要他们一同到府里去住。第二天，冉孝一家人随同县官到府里去了。

当天晚上，老虎给冉孝送肥猪不见有人，就在山上山下，山内山外喊了一通夜。此后每天太阳下山的时候，两只虎喊出山来，每晚喊到天亮，一连几天都是这样。

山外有个王家寨，几十户人家。一到下半夜，都关门闭户不敢出门了，每天只能做半天工夫。大家都说："我们这里不知要出个么子事，这样下去，阳春也做不好，怎么得了哟！要是哪个能把老虎赶走，我们每家拨给他一挑谷子的田。"

冉孝有个伯伯，是个孤老人。他知道冉孝到府里去了，一定是老虎找不到他才这样喊。他便对王家寨的人说："我可以把老虎叫走，也不要你们的田，只要你们轮流养我一辈子就行了。"大家都愿意养他到老。

当天下午，冉老汉挂起大草烟袋去到冉孝的茅屋楼上藏起来。太阳下山的时候两只老虎吼叫来了，冉老急忙卷起烟叶子烟不断地抽，老虎闻到有烟味，又喊进了屋。冉老在楼上麻起胆子说："老虎大哥，你喊么子？冉孝一家人随县大人到府里去了。你们不要在这里喊了，到府里去找他吧。"这样，两只老虎就进山去了。

第二天晚上，两只老虎喊到府里去了。五更天时，它们飞上城门，吼声只差把瓦片震落，满城百姓从没听到过这种声音，怕不过。

冉孝知道是老虎在找他，便把城门一开，两只老虎飞下地扑在他身边亲了又亲，舔了又舔，看热闹的人吓得蒙着眼睛往后退。冉孝说："虎王，你是我的救命恩人。我和老母、小姐都在这

里安身了。日子比往天过得好多了，你们归山去吧。"

两只老虎又飞上城门吼个不停。冉孝又说："虎王是不是要看到我的母亲与我的妻子？"两只老虎一起点头。冉孝牵着瞎子母亲与妻子来到城门口。两只老虎停住吼声，站在门上一动不动。冉孝对老虎说："我们一家都很好，你们归山去吧。"两只老虎只摇头，还是向府内叫个不停。冉孝想了想说："虎王是想见见府官大人吧？"两只老虎连连点头。冉孝把府官大人请到城门口，两只老虎飞下地，头朝外面不走。冉孝对府官大人说："这就是原来衔走小姐的那两只虎，没有伤害小姐的性命。小姐到了我家，又是它帮我们送猪送羊，现在我们怎么感谢虎王呢？"

府官大人说："老虎王，你没伤害我女儿，又成全了冉孝，我们这府官也不忘记你，只要你们今后不伤害人命和牲畜，去吃野猪豺狗，许你们每只虎每天都有四两肉。"冉孝说："虎王，归山去吧。"两只老虎大吼三声，摇头摆尾地远去了。

1《人虎缘》，刘守华、陈丽梅选编《宝刀和魔笛》，湖北人民出版社，1994 年版，第 161-165 页。

直到如今，民间传说一府只有两只老虎。每只虎每天只需四两肉，吃了一餐，不管半月管十天，不乱伤害人畜。[1]

我国是一个在传统上与虎结下了不解之缘的国家。早在《山海经》中就记载了以老虎为图腾神的史实，而在日常生活中，从十二生肖中的属相到虎头鞋等实物，老虎的形象随处可见。在我国，与虎有关的民间故事更是蔚为大观，有学人曾对流行于37个民族中的270余篇虎故事进行过系统研究[2]，而在这众多的虎故事中，"义虎型"故事以其独特的文化内涵特别引人注目。

"义虎型"故事在我国有着悠久的传统，并广泛传承于许多民族和地区，均以人格化的虎重义气、受恩必报为主要内容。早在晋代干宝《搜神记》卷二十中就记述了一则义虎型故事的异文《苏易》：

苏易者，庐陵妇人，善看产，夜忽为虎所取。七里，至大圹，厝易置地，蹲而守。见有牝虎当产，不能解，匍匐欲死，辄仰视。易悟之，乃为探出之，有三子。生毕，牝虎负易还，再三送野肉于门内。[2]

这则故事讲述了一位庐陵妇人夜晚被猛虎带入山中，发现是难产的母虎临危救助，她帮助母虎顺利产下幼崽，归家后受到老虎投送野物的回报。故事虽然情节简单，但却新奇感人，代表了义虎型故事的早期形态。此后，义虎故事进一步丰富，情节也更加生动。有一篇清代的《人虎报》发生在贵州、广西交界地区。一只猛虎落入百尺山沟，哀求夷人把它救出。随后老虎将夷人衔归自己的虎穴，弄来一头猪献给恩人烤吃，还特地送给一袋东西，其中有金银衣履等物。哪知这些原是老虎吃人后所得的死者遗物，当夷人穿上鞋在大街上行走时，立即被死者家属作为杀人凶手抓住送交土司治罪。老虎闻讯，即刻从山上冲下来"劫法场"，从行刑者的刀下将夷人抢走，

1 孙正国：《中国虎故事的类型研究》，载《湖北民族学院学报》1997年第2期。
2 干宝：《搜神记》，第237页，中华书局出版社1979年版。

故事才得以圆满结束[1]。

　　本文选录的这篇土家族《人虎缘》是义虎型故事中一篇优美的现代文本。故事中的虎不是充满野性的自然虎，而是被塑造为见义勇为、亲近人情、注重孝道的灵性动物。"孝"在这里被推崇到至高的地位，譬如主人公的名字便是"冉孝"，故事开篇说他善待母亲十年如一日；当他摔落悬崖时，还不忘恳求虎王："你莫吃我吧，吃了我，就等于吃了我的瞎子老母亲啊。"这些都昭示着虎王之所以搭救他是源于他的一颗孝心。由于虎王的鼎力相助，土家族青年冉孝不仅免除了死亡的灾害，还获得贫苦乡村人不敢奢望的幸福，雌雄虎王与冉孝母子形同世代交好的友邻，生动地传达出土家人对于虎的崇信以及他们追求幸福生活的美好理想。

　　世界民间故事中有大量反映人与动物关系的故事，这些故事有的展示人与动物的冲突关系，有的表现人与动物的和谐关系。上述这则义虎故事鲜明地表现了人们渴望与猛兽和平友好相处的强烈愿望。故事中老虎形象的凶暴与神圣色彩被逐渐淡化，变得亲切而深通人性。艺术构思的新奇巧妙，拨动着人们情感的心弦，使得来自深山的猛虎体现出人间的温馨，语言叙述充满了重情重义的浪漫激情。作为中国虎文化的一个重要组成部分，义虎型故事的艺术生命力至今不衰。

四、义犬救主

母狗救子（朝鲜族）

　　从前，有一个郑两班，娶了媳妇好几年，没儿又没女。后来又娶了个二房媳妇，还是不能生孩子。可是说来也怪，自从二房媳妇过了门，大媳妇倒有了身孕。这下可把郑两班乐坏了，他整天在大媳妇身边转呀转的，二媳妇瞅着心里挺不是个滋味。

　　眼看大媳妇要生孩子了，郑两班却要进城赶考。郑两班只好在临走前，对大媳妇嘱咐了又嘱咐，又给找了个接产婆，这才离开了家。

　　俗话说：十尺深的河底好探，一尺深的人心难测。自打大媳妇一怀孕，这二媳妇就嫉妒上了。她一寻思：若是

---

1 赵彪诏：《谈虎》，见吴曾祺编《旧小说》已集三3页。

大媳妇生了孩子，丈夫肯定要偏爱她，让我在中间受气，不行！我没有孩子，也不能让她有孩子！就给了接产婆一大笔钱，订下了陷害小孩的毒计。这接生婆本来就是个见钱眼开的妇道人家，接了钱哪有不答应的道理呀！

有一天夜里，大媳妇捂着肚子，"哎哟哎哟"地折腾了一气，不一会工夫，生下个男孩儿。那时候女人生了孩子都兴喝蜂蜜水。接产婆调了一碗蜂蜜水给产妇喝。大媳妇一碗蜂蜜水下了肚，不一会就昏迷过去了。你猜怎么着？原来这就是二媳妇从中使的坏，给她灌上了迷昏药。趁这工夫，二媳妇赶忙把孩子交给了接产婆，让她扔到后山上去。

接产婆来到了后山，要扔掉这孩子觉得怪可惜的，就用棉被把孩子包好，放在一个背风向阳的小土坑里。接产婆

扔下孩子刚走，不知从哪儿来了一条母狗，叼来了暄腾腾的软草，垫进了放小孩的土坑里，这条狗又舔了舔小孩的脸蛋子，接着往坑里一躺，用腿把小孩一夹。小孩还以为是阿妈妮呢，裹住一个奶头吃了起来。看来这狗奶还挺棒，小孩吃起来咕嘟咕嘟的。从这往后，这条狗天天跑到这块儿来，一天要舔三遍儿，喂三遍儿奶，天天夜里还在这里守着。

是什么狗这么通人性？原来这条狗正是郑两班家的。郑两班的大媳妇生孩子前几天，这狗下了一窝崽儿。它见接产婆把孩子扔在后山上，就用自己的奶抚养起孩子来。就这么着，孩子在母狗的照料下，饿不着也渴不着，没闹病也没遭灾，顺顺当当地过了满月。

再说那郑两班进城赶考，金榜高

中，得了个头名状元，坐着八抬大轿，领着一大帮随从回到了家中。郑两班还没进屋，二媳妇就凑到跟前嘀嘀咕咕说："您走后，大夫人本来生了个胖小子，可是那个愚蠢的女人，晚上睡觉时生把孩子给压死了，您说可惜不可惜？没法儿，只好把死孩子扔到后山上去了。"

郑两班一听，好容易盼到个宝贝儿子，却被大媳妇给压死了，你说他能不来气？刚要下令处罚这个女人，只见自家的狗晃着尾巴高兴地扑了上来，咬住主人的衣襟，一边叫唤一边使劲拽。

起初郑两班还以为这条狗见到主人高兴了，踹了一脚没往心里去。可是，这条狗咬住郑两班的衣襟不放，一个劲儿地往外拽。

当时手下的人们就说："看样子这狗拽主人是有什么事儿，您就跟去看看吧！"郑两班就跟着狗走去。这狗出门就奔了后山，领着主人走啊，走啊，一直来到放小孩儿的土坑边上。郑两班低头一瞅，嗬！好一个又白又胖的孩子。只见那母狗往孩子脸上舔了舔，又往地下一躺，用腿儿把小孩儿一夹，喂起奶来。

郑两班一想，这孩子就是我儿子了，肯定是那二媳妇生了嫉妒之心使的坏！等那母狗喂完了奶，郑两班把孩子往怀里一裹，就下山了。他抱着孩子没有回家，直奔了那个接产婆家。

那接产婆一见孩子，顿时小脸吓得煞白，不用问就把二媳妇怎么收买她，怎么祸害小孩的实情全都讲了出来。郑两班知道了实情，并没有怪罪接产婆，而是抱着孩子回了家。

郑两班一边走一边寻思，越寻思越生气，他心里想：你这个可恶的女人呀，本想娶你来为我郑家传宗接代，没承想，你竟然要让我断子绝孙，我非好好地惩罚你这个坏女人不可！回到家里，郑两班的大媳妇接过孩子，又是惊来又是喜，又是亲来又是吻，眼泪一嘟噜一串儿地滚落在儿子的脸上。

那么，郑两班怎么整治二媳妇呢？只见他找来一根铁丝线，往二媳妇的鼻子上一穿，把铁丝线又拴在了母狗的尾巴上。那母狗拽着可恶的女人，从前村跑到后村，东蹿一下，西蹦一下，没多久就把这个可恶的女人给拖死了。[1]

这则故事由朝鲜族著名故事家金

1《母狗救子》，裴永镇整理《金德顺故事集》，上海文艺出版社1983年版，第343-345页。

德顺老人讲述，是一篇关于"义犬救主"的感人故事。狗作为六畜之一，是人类最早驯化的动物，随着日常生活中长期的接触，狗俨然已经成为人类最得力的助手和最好的朋友。与此相应产生了很多关于狗的传说故事，诸如"人狗换寿"，"狗取谷种"，"狗耕田"等，而"义犬救主"型故事早在晋代干宝《搜神记》卷二十《义犬冢》中就可窥见其影子，由此可见该类型故事在我国有着悠久的历史。

著名学者丁乃通先生在他的《中国民间故事类型索引》中，将"义犬救主"型故事编为两个亚型，即AT201·义犬舍命救主型和AT201F·义犬为主复仇型[1]，在实际的文本阅读中，我们发现"义犬"故事在我国的流传形态是更为复杂的，主要有"舍命救主型""卫主复仇型""救护婴儿型"'"救主反遭误杀型"。而在这些纷繁的形态中，"由金荣华补编的AT201G·义犬救护婴儿型故事是我国民间流传的忠义之犬故事中最为活跃和最具影响力的亚型"[2]。

本文选取的这则《母狗救子》就是流传于朝鲜族的"救护婴儿型"故事的典型文本。该故事的产生与我国民众心底根深蒂固的传统思想相契合的，即"传宗接代"的思想。不仅汉族，很多少数民族也普遍存在着"只有男性才能传宗接代"的想法，"求子"成为家庭生活中很重要的一项活动，"母凭子贵"也便成了一项不成文的规定。郑两班因为大媳妇无生养而娶了二房媳妇，二房媳妇又因为大房媳妇有了身孕而对她暗中使坏。在人性经不住考验的时候，郑两班家中的狗"挺身而出"。它目睹了二房媳妇和接生婆的毒计，为婴儿叼来保暖的软草，并且每天给孩子喂狗奶。更在郑两班回到家中，听信二房媳妇的谗言，打算处罚大媳妇的时候揭露了事实的真相。

该故事文本的情节较为简单，但也体现出朝鲜族的文化特色。朝鲜贵族家庭中曾盛行过多妻婚制，这一制度的存在使得妻妾常常争风吃醋，因而制造出一些泯灭人性的事故。另外，与满族故事中义犬去找主家已经出嫁的姑娘主持公道不一样，朝鲜族故事中义犬是

1[美]丁乃通著，郑建成等译：《中国民间故事类型索引》，中国民间文艺出版社1986年版。
2 刘守华主编《中国民间故事类型研究》，华中师范大学出版社，2006年版，第145页。

直接向家主告状伸冤。为什么会有这样的不同呢？这是因为在满族的家族习俗中，出嫁的姑娘在娘家占据着"姑奶奶"的权威地位，可以参与主持公道。而在朝鲜族的家族习俗中，男性家长掌握着绝对的权威，由他们直接出面处理不义之人更加合情合理。[1]

我国的义犬故事有着比较鲜明的地域与民族文化特色。"将我国的这类故事进行本土间的横向比较以及与日本的同一类型故事的比较，可以看出，具有同一主题或基本母题的故事，在不同的地域与民族中流传时，由于彼此间文化背景、文化观念、文化心理的不同，在故事的显层与隐层特征方面必然会呈现出种种差异，但是，就故事最终所表达的理想、道德与情感来看，整个人类还是相近、相通或者相同的。事实上，所有的义犬故事都在传播一种道德精神，推崇一种崇高的忠义之举。"[2]义是人类精神内核中不可缺失的一个元素，是我们应该不断追寻并发扬光大的民族文化。

五、猫狗结仇

猫和狗的故事（满族）

从前，有个打柴的人，家里没有一个亲人，只有一条狗和一只猫，陪伴他过着冷冷清清的日子。

一天，打柴人从山上回来，遇到一群小孩，有的拿石头，有的拿棍子，正在打一条小长虫。小长虫被打得身子一抽一抽的。打柴人不忍心看，想要走开，那小长虫抬起头瞅着他，眼里叭嗒叭嗒直掉泪。打柴人见小长虫通人性，就将小孩们撵走，把小长虫捡起来，带回家去。

打柴人把小长虫放在炕头上，用布包好它的伤口。十几天过去了，小长虫的伤养好了，突然张开嘴说话了："大哥，大哥，谢谢你的救命之恩，我要走了。没有别的报答你，我送给你个小铜人，你把它供在西墙祖先位上，就能过好日子了。"说完小长虫不见了，炕上留下了一个黄澄澄的小铜人。

打柴人洗了手，净了身，点燃起鞑子香，把小铜人请上祖先位。

1 参看刘守华主编：《中国民间故事类型研究》，华中师范大学出版社，2006年版，第147页。
2 刘建男、刘庆国、刘建伟：《中日民间故事中犬形象的母题研究》，《作家杂志》，2011年第10期。

从这以后，打柴人心里想什么，小铜人就给他来什么。他打柴回来独自饿了，心想，进门就有现成的饭菜吃嘛……一推门，果然饭菜在桌上摆好了；他的衣服破了，心想，要是有人给补上嘛……第二天早晨起来，衣服破的口子果然补上了；他去挑水，木桶烂了，他想，再有一只新的嘛……回到家，新木桶已经摆在了水缸边上。

打柴人过上了好日子，狗和猫也跟着沾了光。吃饭的时候，打柴人坐在中间，猫和狗一边一个，主人吃什么，它们跟着吃什么，它们也和主人一样感谢小铜人。

一天，有两个寻宝的人来投宿，打柴人心想，今天有客来，饭菜该好一点，正想着锅里的饭菜真就好极了：肉蛋果品，山珍海味，应有尽有。

两个寻宝人暗想，他一个打柴的，哪来这样上等的饭菜？他俩屋里屋外看了一遍，看见西墙上的小铜人，就明白了。两个寻宝人睡到半夜，偷偷起来，把小铜人偷走了。

打柴人丢了宝贝，很发愁，猫和狗也跟主人一样唉声叹气。狗说："猫妹妹，咱们整天吃主人的，喝主人的，现在主人丢了宝贝，咱们该想想办法

呀！"

猫说："有什么办法可想呢？"

狗说："咱俩出去走走，走遍天下，总会把宝贝找回来的！"

猫想了想，点头同意了。

猫和狗告别了主人，出发了。

它俩一路上忍饥耐渴，跋山涉水，不觉走了一个多月。一天，走到一个村子，看见一个大院里正在办喜事，一帮人吹吹打打，很是热闹。看了一会，觉得肚子饿了，便偷偷地夹在人群里混进屋去。

进屋后，它俩见这家的主人，当着坐在南北大炕上的来客，从一口箱子里拿出一个小红布口袋，从红布口袋里透出一个金翅金鳞的东西，嘴里叨咕几句什么，一桌桌的酒席就全出来了。完了，又把那玩艺装进小红布口袋，放回箱子里锁上了。

猫和狗一看，喜出望外，这宝贝正是主人丢失的小铜人。可是那箱子严严实实地锁着，怎么拿出来呀？狗一想，有办法了，它跟猫一说，猫便偷偷地在箱子后面蹲上了。不一会儿，一只大耗子探头探脑地从墙角出来，猫一下子扑过去把它按住了。耗子吓得浑身直哆嗦。猫说："我不吃你，你把箱子里的宝贝

给我拿出来，就把你放了。你要不干，我一口把你的脑袋吃掉！"耗子吓得连忙磕头："我给你拿，我给你拿！"它爬起来就去嗑那箱子。不一会儿，将那箱子嗑了个大洞，钻进去把装小铜人的红布袋捞了出来。狗叼起来就跑。

跑着跑着，一条大河拦住了去路。猫不会水，狗说："我背你，你叼着它。"走到河中间，狗不放心，对猫说："你可得叼住啊！""啊！"猫答应了一声。

过了河，猫从狗的背上跳下来，蹲在河边抽抽咽咽地哭了起来。狗问："你哭什么？"猫说："我答应你一声，一张嘴把宝贝掉到河里了！"狗一听，这可怎么办哪，没办法也哭了起来。

狗和猫的哭声，传到了龙宫。龙王的小儿子一个翻花跃出水面，见是他救命恩人家里的猫和狗在哭，就问怎么回事。猫和狗见来的是住在他家的小长

虫，就把小铜人掉在河里的事说了一遍。小长虫说："你俩别急，等我去找！"他一个翻花，又回到了水里，不一会儿，把小铜人用嘴叼上来了，说："快拿回家去吧！"猫抢上前叼起小铜人就跑。

猫到了家，关上门，跳上炕，把小铜人放在了主人怀里。主人乐得把猫抱起来好个亲热，说："哎呀，我的猫，你可回来了，走了这么多日子，累了吧，吃点东西！"小铜人听说要给猫来点吃的，立时饭菜摆满了桌子。

猫正大吃大喝，主人也正夸奖它，狗也回来了。它见关着门，用爪子敲了几下。猫知道是狗回来了，装作没听着。主人听到敲门声下了地，一开门见是狗，就踢了它一脚，说："你看看人家猫，把宝贝找回来了，你走了这么些日子，净干什么去了？"

这话本来猫都听见了，可它还是装作没听着，动也不动地在炕上大吃大喝。狗见主人没让它进屋，只好在门外蹲着。猫吃饱喝足了，推门出来，狗满肚子气，冲着它就是一口，把个猫掐得嗷嗷叫唤。主人听到了，说："你这个狗，不为我办事儿还欺负猫！"他心疼地把猫抱起来回屋去了。

从此，猫总是在屋里，和人在一起，

狗总是在门外，一进屋，人就往外撵它。狗和猫也为此结下了仇，一见面双方就龇牙咧嘴，要斗仗。[1]

这则故事是由满族著名故事家李成明讲述。她出生于辽宁省岫岩县李家堡子，因父亲盼望早日得子，所以给她起了一个男孩子的名字。李成明的故事主要是由她父亲传授，其父曾就读于八旗官学，他带着家业中兴的理想，常常用故事启迪李成明的心灵，而他父亲故事的传授人则是她的祖父，因此，李成明的故事有着清晰的传承线路，她的讲述明显受到男性传承人讲述风格的影响。譬如我们选录的这则故事，尽管情节曲折复杂，但是讲述者的口述却脉络清晰，不拖泥带水，浸染着男性故事家的粗犷风格。而根据搜集整理人的描述，李成明的感情也非常丰富，"当她讲到好人遭难的时候，眼里往往噙满泪花；讲到善良碰到邪恶的时候，脸上又充满同情；讲到聪明战胜愚昧的时候，会发出畅快的笑声"[2]。在这篇《猫和狗的故事》的结尾，李成明对于猫和狗的不公正待遇作了细腻的描写和鲜明的对照，抒发出强烈的情感色彩，体现了女故事家在帮助孩子们树立正确的是非观和善恶、美丑意识方面所发挥的积极意义。

"猫狗结仇"就像是动物王国里发生的一场"冤假错案"，狡猾的猫因为谗言而得到主人的褒奖，忠心的狗却遭到主人的冷落。何以产生如此令人捧腹又耐人深思的故事呢？这与家畜文化的发展有着紧密联系。人类随着原始畜牧的产生，便有了驯养家畜的文化。作为"六畜"之一的"犬"担当着为人类守家护院的重任，在长期的生产生活中，是人类最得力的助手与忠实的朋友。继驯养"六畜"之后，随着老鼠给人类生活带来的危害日益严重，人类又发明了驯猫捕鼠的方法，于是猫也走进了人类的生活，与犬一道成为人类生活的伙伴和家庭的宠物。在与这两种动物的长期相处中，人类发现猫与狗在生活习性以及对人类的态度上有着很大的差别，由此引发了人们的联想，猫狗结仇的故事正是这种联想的产物。

1 张其卓、董明搜集整理：《满族三老人故事集》，第196-199页，春风文艺出版社1984年版。
2 张其卓：《这里是"泉眼"》，见《满族三老人故事集》，第588页，春风文艺出版社1984年版。

"猫狗结仇"是一个世界性的故事类型。它广泛流传于欧洲、亚洲和非洲，在我国汉、满、朝鲜、蒙、藏、侗等民族中都颇为常见。这类故事由两个重要的母题构成。故事的前部分以"神奇宝物"这一母题为主，讲述人搭救动物，动物报恩献出宝物。"神奇宝物"并非固定不变，在欧洲，宝物通常是一只神奇的戒指，能变出主人想要的任何东西和财物。在我国，这类故事中的宝物有葫芦、宝珠、铜人、铁罐、竹桶或是神奇的药物等。献宝的动物也不尽相同，有受伤的小蛇，它是龙王太子，还有龙子化成的鱼、山羊等。向人献宝是动物的报恩之举，帮助主人寻找失去的宝物也是动物在向主人报恩。在 AT 分类法中，这部分情节命名为 AT560"宝贝戒指"。故事的后半部分围绕 AT200A1"狗上猫的当"这一核心母题展开。丁乃通先生在此型题解中写道："猫和狗在一起工作，但是猫使诡计表示出工作全是它单独做的，赢得了主人的宠爱。狗受到主人的辱骂甚至处罚。因此，猫和狗成了敌人。"他还注明该型式常常接在 AT560"宝贝戒指"型的后面[1]。与前部分"神奇宝物"母题相比，这一母题具有更强的稳定性，可以说是"猫狗结仇"故事的情节主干，集中体现了故事所包含的训诫主题和哲理意蕴。

这类故事讲述的事件虽然发生在动物之间，实则勾描的是人类社会的世俗相，暗喻着人世间结仇争宠的世俗性主题。故事几乎毫无例外地将猫处理为贪功妒能之徒，演示了人是如何偏听偏信猫的谗言，对奸猫宠爱有加，对忠犬却冷落不公的世俗相。并以此来解释猫为何能与人同享暖屋美食，而狗却在户外看门守夜，食用残羹冷炙的生活事实。故事用形象的寓言训诫世人：做人要忠信为本，不可贪功自居，更不能尔虞我诈，见利忘义；为上人者也要善识忠奸，处事公正，赏罚分明。对于这类故事所包含的警世寓意，贾芝先生曾做过很好的阐述，给人以深刻的启迪：

这个故事为什么能够这样广泛地世代流传呢？故事主题很简单，就是狗和猫一忠一奸，受到主人的不公正的待遇。忠诚老实为主人尽力的受到欺辱，

---

1 [美]丁乃通：《中国民间故事类型索引》，第37页，中国民间文艺出版社1986年版。

奸诈取巧反而得宠，巧取豪夺的奸诈行为被表面现象所遮盖。有的是猫花言巧语迷惑了主人，有的竟是主人自己被猫叼宝物而归这个表面现象蒙蔽了。以奸欺忠，处理者的昏庸，比比皆是，所以反对和谴责这种现象的猫狗结仇故事，也几乎到处都有。[1]

这个以人与动物为角色，巧妙编织而成富于象征意义的故事，较之直接叙说人类社会生活中同一主题的真实故事，更具有概括意义，更耐人深思体味。

六、十二生肖鼠为首

十二生肖的来历（汉族）

玉皇大帝这天正上朝，外头来了老虎、凤凰和龙，"扑通"跪倒说："玉皇大帝，俺有冤枉！""什么冤枉？你三个，一个是山中王，一个是水中王，一个是百鸟王，又争地盘了吧？""不是的！下边的人光要害俺，俺想叫你管管他！"玉皇大帝说："好吧。你们各人回去通知你那伙，明天一早在南天门等着，到五更天我喊进来就进来，谁先

跑到我的龙案前，我就选谁，总共选十个，作为人的生肖属相。往后人想到自己的属相就不会伤害你们了。可我不管什么，谁跑得快就选谁，你有喊落下的也甭怪我。这么样好吧？""好。""行吧？""行！""要行你们就走，各人通知你那伙去吧！"它们三个就回去了。

老虎回来吆吆喝喝喊他那一伙。喊了一遍，就落下谁呢？就落下了老鼠，在地下打洞没听着。老鼠打完洞回来，一见猫正在洗脸，就说："哟，猫姐姐洗脸上哪儿去？走亲戚还是串门子？""我也不走亲戚，我也不串门子，明天有大喜事，你还不知道？""什么大喜事？"猫把怎去怎来朝老鼠说了一遍。老鼠可喜极了，说："我也去，咱

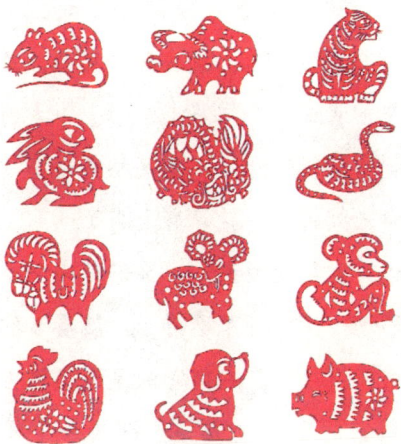

1 贾芝：《播谷集》，第325页，人民文学出版社1994年版。

一块去！"猫说："咱一块去你可得那个——我好睡懒觉，我要睡着了，你可甭把我忘了，甭漏下我！"老鼠说："你看看，你把这样的事都朝我说了，我哪能忘了你，我能不要良心吗？你放心吧，大胆地睡，到时我保证叫你！"猫一听就睡觉了。三更天小老鼠就出来了，老鼠心里话："我叫你？你这个溜练劲，跑得又快，好事哪还到我手？！"老鼠就走了。

老鼠一来到南天门，见飞鸟走兽都到齐了，就它来得晚。你看哟，喊嚓胡闹，你拥我挤，玉皇大帝在里头喊呼："你喊嚓胡闹做什么？到五更天才喊你！""咯噔"下子，鸦雀无声，都瞪着眼，竖着个耳朵听。

玉皇大帝看着快到五更天了，就说："太白金星，找块砚研黑墨，拿张纸来，我说一个你写上一个。"太白金星把墨研得好好的，毛笔举得高高的，又拿张纸铺好，就等着上名了。到了五更天，玉皇大帝说："你们都来吧！"喊了这一声，可了不得了：就看着你拽它的头撸过去，它撸它的尾巴撸过去，它揪它的毛撸过去……拧成一个绳子蛋。老鼠蹲旁边一想："数我力气小，挤不进去，我看从它们腿裆里钻进去

吧！"老鼠从腿裆里"吐噜"一下钻进去了。玉皇大帝说："老鼠来了。"太白金星就上了个老鼠。

牛呢，看着老鼠进去了，"凭那么点，它都钻进去了，你看我这膀子力气还没进去！"牛气得眼瞪着，"哞哞"地喘粗气，这边豁一角，那边豁一角，"哞"地下子进去了。玉皇大帝说："进来个牛！"太白金星又上了牛。

老虎一看，"它们都进去了，我还没进去呢，我这膀子力气也不比牛差！"老虎想想，忙一纵，从人家头顶上蹿过去了。玉皇大帝说："来只虎！"这就上了虎。

小兔又听着，"娘，我这份子身量，要凭挤，我能挤过谁？我得像老鼠一样从人家腿裆底下钻。"小兔想想，"吐噜"一下钻过去了。玉皇大帝说："来了个小兔。"太白金星又上了兔。

龙一看，"无能的都进去了，哪一个也比不上我，我摇头摆尾能腾空。"龙一腾空就过去了，玉皇大帝说"龙！"太白金星又上了个龙。

小长虫呢，心里猜析着："我忒小能挤过谁？你看我跟一条线一样，从腿缝里钻过去吧！"小长虫就从腿缝里钻进去了。玉皇大帝说："蛇！"太白

金星上了蛇。

马一看，"过去的不少了，我再不使劲，就怕过不去了！"马一扬蹄子"腾"地过去了，玉皇大帝说："马来了！"太白金星又上了一个马。

羊心里猜析着："你看闪着我还没进去，我头上有角，身量可小。我不免上边用角抵，下边钻缝子。"羊连角抵带钻也进去了，玉皇大帝叫太白金星把羊也上去了。

小猴看人家都钻过去了，就扒着这个头皮，揪着那个的耳朵，从人家头顶爬过去了。玉皇大帝说："猴。"太白金星又上了个猴。

小鸡一看都过去了，"一会够了数字就不要了，我怎么也得想办法过去呀？"小鸡一翅子呢，也飞过去了，玉皇大帝说："飞来了鸡！"太白金星忙上了鸡。

玉皇大帝一望够了，就说："够啦！够啦！"太白金星听错了，当他是说的"狗哇狗哇"，就又上个狗。

玉皇大帝说："足啦！足啦！"太白金星又听成猪呀猪呀，他又上了猪。玉皇大帝一转脸，一把把他的纸夺

过来："你看我说够了你还上！"一数上了十二，"十二就十二吧！"就打那时起，人间有了十二生肖了。

小老鼠考了个头名，很高兴地回了家，一看小猫正洗脸。猫说："咱还不该走吗？""人家都考完了，还走！""那你怎没喊我呢？""我要喊你头名还轮得了我手吗？"猫越听越气，越想越有气，"啊嗡"一口，把老鼠吃了。自打那时起，猫就跟老鼠记下仇，见了老鼠就吃。[1]

这则流传于临沂地区的十二生肖故事，是由山东故事家王玉兰老人讲述。她为我们描绘了一幅生机勃勃的十二生肖图画，每一种生肖动物的性格样貌都活灵活现，趣味十足。

丰富多彩的十二生肖故事富有浓厚的民族文化特色。十二生肖是我国古老的民俗文化，用十二种动物来记人的生年属相，亦称十二属相。子鼠、丑牛、寅虎、卯兔、辰龙、巳蛇、午马、未羊、申猴、酉鸡、戌狗、亥猪，十二项地支配以十二种动物，构成生肖阵容，标记着人们的出生年份，这本身就充满了文

1《临沂地区四老人故事集》，中国民间文艺研究会山东分会 1986 年版。

化的奥秘。在我国，生肖文化的覆盖面很广，不仅流传于汉族地区，也见于许多少数民族中。新疆柯尔克孜族以十二生肖纪年，十二生肖是鼠、牛、虎、兔、鱼、蛇、马、羊、狐狸、鸡、狗、猪。海南黎族传统历法以十二生肖纪日，以十二天为一周期，每天以一种生肖纪日，生肖名目与汉族生肖相同，但是次序以鸡开头，猴子排在最后。云南普米族以十二生肖纪年纪日，以虎年和虎日为吉年吉日。[1]正是在各民族共同努力下，才创造出我国异彩纷呈的生肖文化。

十二生肖与老百姓的生活这样息息相关，它的来源也必然会引发人们的思考，意趣多端的十二生肖故事正是人们对于属相来源及其排列次序的丰富想象和有趣解读。在这则《十二生肖的来历》中，生肖缘起于人类与动物之间的矛盾，玉皇大帝要求挑选动物作为人类的属相，让人类与动物和谐相处。这样的缘起看似充满童趣，同时也令人寻味、富有深意。在动物王国里挑选人的属相，动物们像参加比赛一样，个个摩拳擦掌，争相竞争这份殊荣，盛装奔赴如此盛宴。竞争的过程更是千奇百怪，出人意料。

在这一幕充满喜剧性表演中，每一个动物的特点都得到了生动的呈现。老鼠因为身形娇小灵活、头脑狡猾取得了第一名，荣登生肖之首；牛凭借自己过硬的气力挤进了第二名；老虎、龙、猴子和鸡等也纷纷施展高超的技能，从动物们的头顶凌空飞过，进入生肖之列；兔子、蛇、马、羊等也趁着缝隙连抵带钻，获得一席之位。更幽默夸张的是，太白金星因为听错名字，而误将狗和猪记载其中，最终组成我们所熟悉的十二生肖。

然而，为何十二生肖鼠为先呢？这个问题一直困扰着人们。排在首位的不是霸气威猛的老虎，不是腾云入海的神龙，不是百兽之王的狮子，偏偏是弱小又狡猾的老鼠？关于这个问题，有学者认为这与十二地支有着紧密的关联。十二生肖与子、丑、寅、卯、辰、巳、午、未、申、酉、戌、亥相对，最早记载一天之中的二十四小时。因为子时是老鼠活动的时间，因而被称为"子鼠"。以此类推，依据每一种动物的生活习性，将其十二生肖排序如此。当然，这只是一种普遍的解释，学者们的观念仍然见仁见智。

---

1 吴裕成：《十二生肖》，第44-45页，中国社会出版社2008年版。

与学者的解释相对照，在民众的想象世界里，老鼠之所以能拔得头筹，却是另一番浪漫景象。山东的故事家王玉兰将这类故事与猫鼠结仇的故事融合起来，湖北著名故事家孙家香则是讲述"借牛说鼠"的故事。有一则《老鼠爬到牛角尖上》说："话说老鼠与猫本是朋友，玉皇大帝传令动物们上天定生肖。猫说，它瞌睡大，怕睡过了头，托付老鼠到时叫醒它，以免耽误大事。可是，事到临头，老鼠也慌里慌张，忘了叫醒猫，自己赶去赴会。赶到时，众多禽兽都已排好了队，老鼠担心排不上，看到牛站在最前头，便灵机一动蹲在了牛角尖上。玉帝就按顺序给老鼠排了第一名。老鼠回来，猫刚睡醒，听老鼠讲了一遍经过，自然责怪它，抓起老鼠就要吃。老鼠求饶，许诺多生子来报答猫。这样就有了猫食老鼠的生物链。"[1]老百姓就是这样将自己对生活的感悟和对自然的体察机智而精妙地以动物故事的方式传达出来。这类故事紧紧抓住动物的特征和习性来构思情节，既饱含艺术趣味，又少有说教成分，深受儿童的喜爱。

七、猴与鳖

乌龟和猴子（藏族）

乌龟和猴子很要好。它们整天在草原上晒太阳，说笑话。要不，就一起到猴子住的森林里去玩。猴子还经常爬上树去，摘各种各样的果子，给它的朋友吃哩。

可是乌龟却有个打算：想吃猴子的心。有一天，乌龟给猴子说："朋友，我常上你这儿来吃、喝、玩，今天你到我家里去好不好？"

猴子说自己很愿意去，可是下不了海。

乌龟说："不要紧，我可以背你去。"

于是它们便一个背一个地下海去了。进到海里，乌龟却装出可怜又痛苦的样子说："亲爱的猴子朋友，我有个儿子病得快要死了。医生说，只有猴子的心才可以治好它的病。那么，你是不是能把心割下一点呢？"

猴子听后，知道自己受了骗。但它很聪明，立即想出个主意，哄乌龟说："是这么回事，可以可以！但是今天太不凑巧！刚才来得慌忙，把心忘在家里

---

1 萧国松整理：《孙家香故事集》，第17页，长江文艺出版社1998年版。

1 萧国松整理：《孙家香故事集》，第17页，长江文艺出版社1998年版。

了。你到我的家里去拿来吧！"

于是，乌龟仍然把猴子背上海岸，并且一直背到猴子住的树下。猴子说："我上去拿，你在树下接吧。"乌龟连声说好。不料猴子爬上树后，却坐在树枝上唱起歌来：

我马虎交了个朋友，它的心眼真恶毒。

要不是我的智慧啊，早已吃了大苦头！

乌龟在树下听见，知道自己的计策被猴子识破了。可是又不会爬树，抓不到它，只好忍着气回去。

第二天，乌龟也想出一个办法：到猴子常去睡觉晒太阳的山沟里藏着，想在猴子睡觉的时候杀死它。

猴子来了，可是这回却提高了警惕。它站在山顶大声地唱着：

山洼，山洼，我猴子在你怀抱里安家；

如果没有藏着坏蛋乌龟，请你长长地说声："啊！"

乌龟听了，为了表示自己不在这儿，就长长地喊了一声："啊——！"

猴子笑了笑，说："这儿有乌龟，我到别处去了！"[1]

在我国汉、藏、蒙古、朝鲜等民族中，流传着一个关于"猴子和乌龟"的寓言故事。丁乃通先生所著的《中国民间故事类型索引》，将其命名为"猴子把心留在家里"，列入动物故事91型。在亚洲的其他地方，包括印度、阿拉伯、东南亚、日本等国家、地区也有同类型故事的众多异文。这一故事类型经历漫长的年代，在广大地区的不同国家民族中流传，演变成大同小异的多种形态，显示了旺盛的生命活力。

据学者们研究，这一故事来源于印度。它原是一个古印度民间故事，后

---

1 陈拓搜集整理：《乌龟和猴子》，选自《民间文学》1959 年第 5 期。

来经文人编入《五卷书》，其基本思想是讲交友之道：交朋友要提防朋友变心，一旦变了心就要使用妙计脱险。"猴子和乌龟"故事后来通过这部书而走向全世界。大约在公元500年前后，南朝梁代僧人僧旻、宝唱编纂了一部佛经故事集，将汉译《生经》中的《佛说鳖猕猴经》收入其中，它的故事原貌如下：

有暴志比丘尼者，反怀恶信，谤佛毁僧。佛言：不但今世，过去无数劫时，一猕猴王居在林树，食果饮水，时念一切蚑行喘息人物之类，皆欲令度，使至无为。时有一鳖，以为知友，鳖数往来，到猕猴所，饮食言谈，说正义理。其妇见之，谓有淫荡，问夫为何所至。答曰："吾与猕猴，共结亲友，甚聪明智慧，又晓义理。"妇犹不信，因便诈病，困劣著地，治不肯瘥。谓夫言："吾病甚重，得卿所亲猕猴肝乃当活耳。"夫答曰："吾寄身托命，云何以活卿耶？"妇曰："夫妇同共一体，不念相济，反为猕猴。"夫敬重妇，往请猕猴共食。猕猴答曰："吾家陆地，卿在水中，安得相从？"鳖曰："吾当负卿。"猕猴

从之。负到中道，语猕猴言："妇病须卿肝。"猕猴曰："何不早道？吾肝挂树，不赍将来，从还取肝，乃相从耳。"便还树上，跳踉欢喜。鳖问曰："卿应取肝来到我家去，反更跳踉何耶？"猕猴答曰："天下至愚，无过于你，共为亲友，寄身托命，还欲见危。"鳖妇暴志是，鳖者调达是，猕猴王我是。[1]

印度佛经故事传入我国后，虽骨架犹存，但是姿态神韵却发生了很大的改观。这些故事在不同的文化土壤中孕育演变，呈现出迥然相异的艺术风格。譬如我们选录的这则藏族故事就丢掉了关于乌龟妻子的节外生枝，这样不仅削弱了说教气味，更大的变化是获得了一种诙谐幽默的情趣。在本篇故事中，猴子用计脱险后，并没有马上逃离仇敌，却给乌龟开了一个小小的玩笑施行报复：猴子上树后对着树下等着吃猴心的乌龟唱起歌来："我马虎交了朋友，它的心眼真恶毒，要不是我的智慧啊，早已吃了大苦头！"乌龟听了心里明白，只有灰溜溜地走开了。故事以轻松愉快、旁敲侧击的方式嘲讽邪恶，别具一格。

1《经律异相》，第128页，上海古籍出版社1988年版。

更让人捧腹大笑的是，故事还在猴子和乌龟之间增添了一个回合的斗争：乌龟不甘心失败，爬上岸来躲在山洼里想伺机弄死猴子，猴子再施巧计，对着山洼唱："山洼，山洼，我猴子在你的怀抱里安家；如果没有藏着坏蛋乌龟，请你长长地说声'啊'！"乌龟听了，为了表示自己不在这里，长长地喊了一声"啊"，愚笨的乌龟不知道自己的阴谋早已败露。猴子以自己的聪明把愚蠢的坏蛋乌龟又戏耍了一番。这种斗争方式也是诙谐幽默，使人开心，因而格外受到人们的喜欢。有趣的是，这些富有民族文化特色的变异是在其他民族的故事中所未曾见过的，而属于藏族以及蒙古族的猴子乌龟故事所特有。

我国故事学家刘守华曾将"猴子与乌龟"印度故事与我国同类型的各族故事进行比较研究，很好地概括了故事所传达的不同文化意趣："在印度、阿拉伯故事里，猴子是一个饱经世故、善于思辨的哲学家形象，故事富于哲理性。汉族故事里的猴子或梅花鹿，被塑造成既智慧又勇武的形象，除疾言厉色痛斥乌龟邪恶行径外，还给予它重重的打击以泄恨。蒙古族和藏族故事里的猴子，却以开玩笑的方式来嘲笑坏蛋的愚蠢卑劣，在诙谐幽默的言行中隐藏着智慧，故事里洋溢着喜剧性。它们实际上是机智人物故事的一种特殊类型；其中的猴子，已被赋予藏族阿古顿巴、蒙古族巴拉根仓这类群众所喜爱的机智人物的性格特征，焕发出新的艺术光彩。"[1]

八、小鸡崽报仇

为妈妈报仇（苗族）

很久很久以前，有一只老母鸡带着一群小鸡崽，成天在寨边找虫虫吃。有一天，忽然从刺蓬里跳出一只野猫来，一下子把老母鸡咬伤了，老母鸡在临死之前"咺咺，咺咺"地嘱咐她的小鸡崽说："孩子们，你们要记着啊，我是被野猫咬死的。以后你们长大了，要为妈妈报仇啊！"小鸡崽慢慢地长大了。它们牢记妈妈临终的嘱咐，计划着去打野猫，为妈妈报仇。有一天，它们准备停当就出发了。

小鸡崽走着走着，碰见一根缝衣针。

1 刘守华：《一个故事的丰富变异性——"猴子和乌龟"故事的比较研究》，见《比较故事学》第220页，上海文艺出版社1995年版。

缝衣针问道："小鸡崽，小鸡崽！你们到哪里去呀？"小鸡崽说："野猫把我们的妈妈咬死了，我们去打野猫，为妈妈报仇。"

缝衣针说："要我去吗？"

小鸡崽说："你细眉细眼的，要你去做哪样？"

缝衣针说："要我去嘛，我去有用处。"

小鸡崽们想了一想说："好，就请你跟我们去吧！"

于是，缝衣针高高兴兴地跟小鸡崽走了。

小鸡崽走啊走啊，遇见一堆牛屎。

牛屎问道："小鸡崽，小鸡崽！你们到哪里去呀？"

小鸡崽说："野猫把我们的妈妈咬死了，我们去打野猫，为妈妈报仇！"

牛屎说："要我去吗？"

小鸡崽说："你扁头扁脑的，要你去做哪样？"

牛屎说："要我去嘛，我去有用处。"

小鸡崽想了一想说："好，那就请你跟我们去吧！"

于是，牛屎高高兴兴地跟着小鸡崽走了。

小鸡崽走啊走啊，遇见一只螃蟹。

螃蟹问道："小鸡崽，小鸡崽！你们到哪里去呀？"

小鸡崽说："野猫把我们的妈妈咬死了，我们要去打野猫，为妈妈报仇！"

螃蟹说："要我去吗？"

小鸡崽说："你横七竖八的，走路都不会，要你去做哪样？"

螃蟹说："要我去嘛，我去有用处。"

小鸡崽想了一想说："好，那就请你跟我们去吧。"

于是，螃蟹高高兴兴地跟着小鸡崽走了。

小鸡崽走啊走啊，遇见一个棒槌。

棒槌问道："小鸡崽，小鸡崽！你们到哪里去呀？"

小鸡崽说："野猫把我们的妈妈咬死了，我们去打野猫，为妈妈报仇！"

棒槌说："要我去吗？"

小鸡崽说："你短杆杆的，要你去做哪样？"

棒槌说："要我去嘛，我去有用处。"

小鸡崽想了一想说："好，那就请你跟我们去吧！"

于是，棒槌高高兴兴地跟着小鸡崽走了。

小鸡崽走啊走啊，遇见一颗毛栗。

毛栗问道："小鸡崽，小鸡崽！你们到哪里去呀？"

小鸡崽说："野猫把我们的妈妈咬死了，我们去打野猫，为妈妈报仇。"

毛栗说："要我去吗？"

小鸡崽说："你毛头毛脑的，要你去做哪样？"

毛栗说："要我去嘛，我去有用处。"

小鸡崽想了一想说："好，那就请你跟我们去吧！"

于是，毛栗也高高兴兴地跟着小鸡崽走了。

现在，小鸡崽有了长长的一大队朋友，它们挨挨挤挤地向着野猫家走去。走到野猫家时，已经是大半夜，野猫早已闩上门呼呼地睡大觉了。"怎样下手打野猫呢？"小鸡崽发起愁来，但是朋友们却不发愁，它们对小鸡崽如此这般地说了一阵，小鸡崽高兴得连声说："好，好！"于是大家立刻行动起来。

牛屎走到门槛下躺着。

棒槌爬到门坊上去蹲着。

小鸡崽把野猫的房子前前后后地包围起来。

然后，缝衣针就上前去"噼噼啪啪"地敲门："野猫伯伯，野猫伯伯！开门，开门！"

它叫了一阵，把野猫叫醒，野猫在被窝里有气无力地问道："是哪个？"

"是我。"缝衣针回答。

"你是哪个嘛？"

"我是缝衣针！"

"半夜三更，你敲门做什么？"

"我走夜路，累得很，请你起来开开门，我想到你家里借个板凳歇歇气。"

"板凳放在火坑边，你自己从门缝里钻进来吧，我懒得起来。"

于是，缝衣针从门缝里钻了进去，爬到板凳上直直地插着。

隔了一会儿，当野猫刚迷迷糊糊地睡着时，毛栗又上前去"噼噼啪啪"地敲门："野猫伯伯，野猫伯伯！开门，开门！"

野猫好不耐烦，生气地问道："是哪个？"

"是我。"毛栗回答。

"你是哪个嘛？"

"我是毛栗！"

"半夜三更，你敲门做什么？"

"山里冷得很，请你开开门，让我烤烤火。"

"火坑里有火，请你从屋脚地洞里钻进来吧，我懒得起来。"

于是，毛栗钻进野猫家里，跳进火坑，用热灰把自己埋起来。

隔了一会儿，当野猫刚刚发出鼾声的时候，螃蟹又上前去"噼噼啪啪"地敲门："野猫伯伯，野猫伯伯！开门，开门！"

野猫又被吵醒了，它大发脾气，骂道："是哪个又在敲门？"

"是我，螃蟹！"

"半夜三更，你敲我的门干什么？"

"我口渴得很，请问你的缸里有没有水？请你开开门，让我进来。"

"缸里有的是水，你自己从水缸下的地洞里爬进来吧，我懒得起来。"

于是，螃蟹爬进屋，跳进野猫的水缸里去了。这一夜，野猫简直没有睡好，它气极了，把被子狠狠地搭在头上，盖得严严密密的，下决心不管谁再叫门都不理。

谁知这个时候，外面又喊声大作。

屋前发出了喊声："野猫伯伯，野猫伯伯！开门，开门！"

屋后也发出了叫声："野猫伯伯，野猫伯伯！开门，开门！"

屋左屋右也乱哄哄地吵叫着："野猫伯伯，野猫伯伯！开门，开门！"

野猫再也睡不着了，掀开被窝，高声大骂："是哪个又在吵闹？"

小鸡崽一齐回答道："是我们，野猫伯伯！"

"你们是哪个？"

"我们是小鸡崽，特地来看你老人家！"

野猫听说小鸡崽来看它，转怒为喜，心想："真是飞来的福气！"于是翻身爬起，连连说道："哎哟，是小鸡崽呀！屋里黑得很，等我把火烧好，再请你们进来吧！"

它披上衣服，踏着两只鞋，拖拖拉拉地走到火坑边，用火钳拨着火坑，用嘴"噗噜"地吹着那星星的火种，这时，毛栗忽然"嘣"的一下炸开来，火花呀，热灰呀，扑得它满脸都是，眼睛塞满了火灰，睁不开啦。

野猫想用水来洗眼睛，瞎摸乱窜地走到水缸边，刚刚伸爪进缸里舀水，螃蟹一下夹住它的爪子，野猫"哎哟"一声，痛得满屋乱跳。

野猫挨了两下，痛得昏头昏脑，站立不稳。它想到板凳上坐坐，可是当它刚刚坐下去，缝衣针就对准它的屁股猛力一刺，这一下，刺得野猫痛得昏死过去。

过了好一会儿，野猫苏醒过来，心想："今夜这屋里真有鬼啦！我赶快跑出去吧。"于是打开大门，往外就跑，谁知双脚踩在牛屎上。"叭哒"一声，四脚朝天跌到地上。

这时，坊上的棒槌朝着野猫的肚子狠狠地打下来，又紧紧地压住它，不让它逃跑。

小鸡崽见了，一齐蜂拥上前。你一啄，我一抓，不一会儿工夫，就把野猫撕得稀烂。

小鸡崽把野猫打死，为妈妈报了仇。小鸡崽非常感激朋友们的帮助，把朋友们一一送回家后，才回到自己的寨上来。[1]

这是一篇精美而动人的苗族童话，讲述了一群弱小的动物联合起来战胜强大对手的故事，读来使人感到惊奇又亲切。阿尔奈和汤普森将这类故事列为 "公鸡、野鸭、别针一起旅行"和 AT248A "象和云雀"。丁乃通先生根据 AT 分类法的编排，列举了分布于全国的 AT210 型故事 50 多篇异文和AT248A 型的 4 篇异文[2]，显示了该类型故事兴盛不衰的生命活力和多姿多彩的丰富异文。

"小鸡崽报仇"型故事根据角色的不同，可以分为两个不同的亚型：一是动物互助型，即弱小动物或其他物件联合起来，各自发挥特长战胜敌手的故

1《中华民族故事大系》第二卷，上海文艺出版社，1995 年版，第 958-963 页。
2 [美] 丁乃通：《中国民间故事类型索引》，第 39、49 页，中国民间文艺出版社 1986 年版。

事。本文选录的这则苗族故事就属于这一亚型。傣族的《绿豆雀和象》中大象骄横跋扈，不顾绿豆雀苦苦哀求，将要出世的雀蛋踩得粉碎，愤怒的绿豆雀找到好友为孩子报仇。啄木鸟啄瞎了大象的眼睛，大象看不见想找水喝，忽然听见点水雀在前面叫唤，心想：点水雀生活在水上，前面一定有水。点水雀一边飞，一边叫，把大象骗到悬崖边跌下去送了命[1]。"绿豆雀能战胜大象，是依靠朋友的帮助"，也成为该亚型脍炙人口的篇目。另一个亚型是动物助人型，即人在遭遇强敌，软弱无力之际，得到众多细小动物的帮助打败敌人的故事。譬如钟敬文先生采录的《猪哥精》就是一则在广东地区十分流行的该亚型异文。故事中的老婆子无法满足猪哥精的要求，又害怕猪哥精将她吃掉，于是伤心地哭起来。路过她家门口卖杂货的、卖油的、卖蟹的、卖鸡蛋的、卖马的、卖锣鼓的、卖屎的、卖烟丝的、卖花生的，问明了原因，都纷纷把自己卖的东西送给老婆子，并告诉她如何安置这些东西，在大家的帮助下惩治了猪哥精[2]。

"小鸡崽报仇"的故事用动物之间的关系象征社会压迫与斗争，鲜明地表达出一个思想：弱小者只要联合起来，齐心协力，就能打败凶恶强大的敌人。高尔基曾指出，从民间创作严肃的教诲中，"显然可以看出，人民对于集体创造力具有深刻认识而富有诗意的信仰，人民为了战胜与人为敌的自然的黑暗势力而高声疾呼，甚或力竭声嘶地号召密切团结。但是，假如有人在这斗争中单枪匹马以临敌，人们就必定把他嘲笑，断定他会灭亡。"[3]小鸡报仇的故事把这一团结对敌的思想表现得尤为突出。

它的思想是深刻的，然而艺术表现又极为单纯、明快。苗族的这篇《为妈妈报仇》将拟人手法运用得活灵活现，不但将有生命的小动物拟人化，还巧妙地将没有生命的许多小东西也拟人化，采取动物之间的生动对话，将情节的矛盾纠葛融入其中，既简洁明了，又质朴自然，充满了浓郁的生活气息，构成了一幅生动活泼、优美完整的图画。正如肖崇素所说，这类故事是"最具代表性

1 《绿豆雀和象》，赵洪顺编：《德宏傣族民间故事》，第463-465页，德宏民族出版社1993年版。
2 《猪哥精》，张振犁编选：《钟敬文采录口承故事集》，第42-46页，黄河文艺出版社1989年版。
3 高尔基：《个性的毁灭》，《苏联民间文学论文集》第80页，作家出版社1958年版。

的幼儿童话，故事中的一切都是由生活出发的，每种事物都符合它的形状和特征。全篇手法、风格、语言都具有地道的民间古典童话的色彩。"[1]

作为一个世界流行的民间故事，"小鸡崽报仇"历来受到人们的重视。它以拟人手法和简洁明了的叙事特点，勾勒出一幅充满现实生活情趣和富有审美意义的画面，使人在聆听故事时趣味盎然而又深受教育感染。

---

[1] 肖崇素：《肖崇素民间文学论集》，第94页，四川民族出版社1999年版。

第四章
生活故事赏析

生活故事是直接反映民众日常生活的故事，也有人把它叫做"世俗故事"或"写实故事"。其基本特征是，以现实社会中形形色色的普通人物为主人公，从广泛的日常生活中提炼故事情节，用写实手法来刻画人物和叙述故事。丁乃通先生编撰《中国民间故事类型索引》，收录幻想故事类型（含宗教故事）约200个，生活故事和笑话类型加起来为480个，后者的数量超出前者一倍多。而就口头文学的实际状况而言，事实也是如此。生活故事通常篇幅短小，结构简单，艺术形式和风格活泼多样，不拘一格，因此便于即兴创作，在民众口头俯拾皆是。

由于社会生活包罗万象，涉及民众日常活动的方方面面，因此，民间口承的生活故事也十分丰富多彩，具有浓郁的生活气息。如讲述我国封建社会阶级矛盾的"长工斗地主的故事"，讲述农民群众企图通过打官司解决社会纠纷的"百姓打官司的故事"，讲述交友和处世道德的"友谊试金石故事"，以及孝道故事、奇巧婚姻故事、巧媳妇故事、呆女婿故事和机智人物故事等。这些故事的主人公通常是人们熟悉的劳动者，社会底层的普通人，有长工、妇女、工匠、樵夫、学徒等，他们善良又不失机智、勤俭且热爱生活、憨傻却总有好运相伴……这些来源于现实生活的人物形象是民众智慧的结晶，是他们喜爱的对象，其丰富多样的性格特点给人以鲜活、生动之感。

具有浓厚的喜剧性是生活故事的重要特征。喜剧性主要表现在将反面人物假恶丑的嘴脸撕破给人看，造成滑稽可笑的效果。笑话就是喜剧艺术的一种，它是由反面人物自我表演构成喜剧性；生活故事则由具有非凡智慧的主人公在形形色色的较量中出奇制胜压倒权威，充分表现了劳动者的卓越智慧和乐观情怀。它源于民间深厚的诙谐文化传统，叙事时虽保持着现实生活的种种洋相，实际上是对生活的"戏仿"，对当时生活秩序的颠倒，以另一种方式折射出民众的理想愿望。正如俄国文艺学家巴赫金所说，"诙谐既有嘲笑——否定作用，又有欢快——肯定作用"，它永远以积极乐观的精神鼓舞着人们 [1]。

一、巧女故事

巧媳妇（湖南汉族）

从前有个顶聪明的人，名叫张古老。他有四个儿子，老大、老二和老三都娶了媳妇，只有老四还是条光棍。说也奇怪，这三兄弟都生得呆头呆脑，娶进来的媳妇也不大灵活。张古老想给小儿子找个乖巧点的媳妇，他想了一个巧妙的法子。这天，他把三个媳妇叫到跟前，让她们回娘家看看，回来的时候每人要带一件礼物给他。张古老说，大媳妇住三五天，二媳妇住

1《巴赫金文论选》（中文版），中国社会科学出版社1996年版，第248页。

七八天，三媳妇住十五天，三个人要同去同回。大媳妇带一只红心萝卜回来，二媳妇带一只纸包火，三媳妇带一只没有脚的团鱼。三个媳妇满口答应，走到三岔路口分手的时候，才觉得为难起来。她们不知道该怎么办，哭起来了。谁会帮助她们呢？

王屠户带着女儿巧姑，在路边搭了个草棚，摆了张案板，天天卖肉过日子。这天听到了哭声，便向女儿说道：

"巧姑，去看看是哪个在哭？出了什么事情？"

巧姑走了出来，见是三位大嫂在那里哭成一堆。问道：

"三位大嫂，你们有什么心事，为何哭得这样伤心？"

三个人一听有人来问，连忙抹掉眼泪，一看，只见是位大姐站在面前。她们止住了哭声，把事情的原委一五一十地告诉了她。

巧姑一听，想也没想，便笑着说："这很容易，只怪你们没有想清楚。大嫂，你三五天回来，三五一十五，就是十五天回来，二嫂你七八天回来，七八一十五，也是十五天回来，三嫂也是十五天回来，你们不是能同去同回吗？"

巧姑接着又说："三件礼物：红心萝卜是鸡蛋，纸包火是灯笼，没脚团鱼是豆腐，这些东西家家都有，是顶普通的东西呢。"

三个人一想，果然不错，便谢了谢大姐，高高兴兴地分了手，各自回娘家去了。

三个人在娘家，都足足住了半个月。这天，她们一同回来了。见着公公，把礼物也拿了出来。

张古老一看，吃了一惊。原来她们带回来的礼物，一点也没有错。他心里明白，这不是她们自己想出来的，便问她们。三个人也不敢隐瞒，就把实情一五一十地说出来了。

张古老觉得巧姑是个聪明的姑娘，便请媒人向王屠户说亲，把巧姑接了过来，和小儿子成了亲。有了巧姑的帮助，张古老一家人过得舒舒服服。可是，天有不测风云。他们又会遇到什么烦心事呢？请看：

有一天，张古老闲着没事做，便坐在大门边晒太阳。突然，他想起自己过去的日子，年年欠债、受气。如今日子过好了，自由自在，真是万事不求人。一时高兴，顺手在地上捡了块黄泥坨坨，在大门上划了几个大字："万事不求人。"

不料，当天知府坐着轿子，从这门前经过。他一眼便看见门上这几个大字，大大吃了一惊，心想：这人好大的胆，敢说出如此大话来，这不是存心把我也没有放在眼里。好吧！我叫你来求求我。便厉声叫道："赶快放下轿，跟我把这个讲大话的人抓来。"

衙役们马上凶恶地把张古老从屋里拖了出来。

知府一见，瞪着两眼说道：

"我道是什么三头六臂，原来是个老不死的老头。你夸得出这种大话，想必有大本事。好吧！限你三日之内，替我寻出三件东西来。寻得到，没有话说，寻不到，就办你个欺官之罪。"

张古老说："老爷，是三件什么东西？"

知府说："要一条大牯牛生的犊子；要灌得满大海的清油；要一块遮天的黑布。少一件，便叫你尝尝本府的厉害。"说罢，便坐着轿子走了。

张古老接了这份差使，掏空了心思，也想不出个办法来对付，整日里愁愁闷闷，饭也吃不下，觉也睡不着。

巧姑见了，便问："公公，你老人家有什么心事，尽管跟我们说说吧！"

张古老说："只怪我不该夸大话，和你说了也没有用。"

巧姑说："你老人家说吧，说不定也能想出个办法来的。"

张古老只得把心事对巧姑说了。

巧姑一听，说道：

"你老人家说得对嘛，庄稼人吃自己的，穿自己的，本来是万事不求人。你老人家放心吧，这差使就让我来对付。"

过了三天，知府果然来了。一进门，便叫道："张古老在哪里？"

巧姑不慌不忙地走上前说："禀大人，我公公没在家。"

知府瞪着眼说："他敢逃跑，他还有官差在身啦？"

巧姑说："他没逃，是生孩子去了。"

知府奇怪起来了，说："世上只有女人生孩子，哪里男人也生孩子？！"

巧姑说："你既知道男人不能生孩子，为什么又要大牯牛生犊子呢？"

知府一听，没话可说。停了好久，只得说道："这一件不要他办了，还有两件？"

巧姑说："请问第二件？"

"灌海的清油。"

"这好办，请大人把海水车干，马上就灌。"

"海有这么大，怎么车得干？"

"不车干，海里白茫茫的一片水，油又往哪里灌？"

知府一下把脸也羞红了，便叫起来：

"这一件也不要了，还有一件！"

巧姑说："请问第三件？"

知府说："遮天的黑布！"

巧姑说："请问大人，天有好宽呢？"

知府说："哪个晓得它有好宽，谁也没有量过。"

"不晓得天有好宽，叫我们如何去扯布呢？"

这一说，知府再也没有话回了。红着一副脸，慌忙地钻进轿子里，跑了。

本来，张古老就有名，这一来，远远近近的人，更没有一人不知道了。大家都说："这一家子，有个顶聪明的公公，还有个顶乖巧的媳妇。"[1]

在中国几千年的宗法制社会中，封建性特点的标志之一便是对女性的严格束缚。所有的家规、族规都有管束妇女的具体条例和道德规范，其中对"媳妇"的管束尤为严厉。为人妇子媳的女性终日操持家务，位处卑下。然而，在生活故事里却有一类作品，以女性的才智解开种种难题，克服重重人世艰险，构成精巧动人的故事，在各族人民口头传诵不息。这就是巧女故事。

巧女故事是赞美女性智慧的世界

---

1 周健明搜集整理：《巧媳妇》，选自《湖南民间故事选集》，湖南人民出版社1959年版。

性故事类型。在欧洲、西亚和中亚等地，故事的主人公多为未婚少女，如牧羊女、打鱼女、农家女等。这些巧女以自己的聪明才智解答了权力阶层（国王、官吏等）提出的各种难题，最终获得了幸福美满的婚姻。而在中国以至东亚，故事的主人公几乎都是已婚的媳妇。许多常人难以回答的刁钻难题，最终由聪慧的儿媳妇用绝妙的答案破解。因此，中国的巧女故事也称为巧媳妇故事。丁乃通在《中国民间故事类型索引》中，按AT分类法将巧女故事归为AT875型，并列出20世纪60年代以前流传于我国各地的故事异文221篇。20世纪80年代的民间文学普查，进一步证实该类型故事广泛流传于我国汉、满、蒙、朝、苗、壮、侗、瑶、土家、布依、锡伯等30多个民族，形成了一个巨大而深厚的故事传承圈。

1981年，上海文艺出版社编辑出版的《巧女的故事》，选辑中国各族巧女故事37篇，展示了这类故事丰富多彩的艺术魅力。这则流传于湖南汉族的《巧媳妇》故事就选录其中。故事以奇思妙想的解难题为中心结构全篇。首先，巧女以"智解隐喻难题"出场，张古老让三个儿媳妇回娘家探望，回来的

时候还要每人给他带一件礼物，这其实是给三个儿媳设的三个隐喻题，巧女帮助她们破解了数字和词意，成为张古老的小儿媳妇。为了从儿媳中公平地选出当家人，张古老又出难题了。他要她们用两种料子，炒出十种料子的菜；用两种料子，蒸出七种料子的饭。巧女给出了答案，用韭菜炒鸡蛋，九样加一样正好十样，用绿豆蒸大米，六样加一样是七样，再一次显示了她非同寻常的智慧。至此，故事讲述家仍不满足，又大胆虚构了巧女同知府斗智的情节，这一次巧女采用了"以难制难"的方法。对知府提出的三个有意刁难和羞辱张古老的问题，巧女没有直接回答，而是针锋相对地提出一连串同类难题反问对方，迫使知府羞愧服输。巧女以智慧赢得了众人的赞许，也对傲慢愚蠢的知府给予了有力的嘲讽。

随着故事情节的不断推进，巧女一次次面临难题考验。从她帮助路边哭泣的大嫂们解答难题，开始表现出她心地善良、为人聪慧的性格；到她在家庭内的媳妇竞赛中获胜，成为家里的当家人，进一步展现出她随机应变、持家有方的才干；最后，故事讲述家更是将女主人公推向广阔的社会舞台去施展自己

的才能智慧，从而焕发出浪漫主义的奇异光彩。丁乃通先生在《中国民间故事类型索引·导言》中精辟地指出："一个熟悉中国民间故事的人可以发现中国社会和国民性中有许多方面是其他学科的专家不太看得到的。例如，一般人通常认为中国旧社会传统上是以男性为中心，但若和其他国家比较，就可以知道中国称赞女性聪明的故事特别多。笨妻当然也有，但仅是在跟巧妇对比时才提到。"[1]

二、呆女婿故事

借布机（汉族）

有一个傻女婿，他的妻子却非常能干。

一天，他妻子对他说："你去丈人家问丈母把布机借来。"

傻女婿问他的妻子："什么'肚饥'？"

"不是'肚饥'！织布的机，叫做'布机'，你只要向丈母要，她就给你了。——可别忘了，'布机'！"傻女婿这次才晓得"布机"，于是一路"布

机""布机"地念着，不料走到半路，被石头绊了一跤，把"布机"又跌成"肚饥"了。走到丈母娘那里，大嚷"肚饥"，丈母连忙给他预备点心。他吃完了点心，仍是嚷"肚饥"，丈母又给他饭吃，吃完了，仍是说"肚饥"。丈母生气了，便去织布。傻女婿连忙跑到丈母前面对她说："丈母，就是要这个'肚饥'！"

"傻孩子！这不叫'肚饥'，叫做'布机'，你拿回去吧！"他丈母笑着说。傻女婿于是拿回去了。

走到半路，他忽然想起布机有四条腿，他只有两条腿，怎么还叫他背呢？于是就对"布机"说："你有四条腿，我只有两条腿，你应该背我，怎么叫我背起你来了？岂有此理！自己走！"说着，就把"布机"扔在街上，自己跑回家了。

到了家里，妻子问他："布机呢？借来了吗？"

"啊，它还没有回来吗？奇怪！它四条腿，我两条腿，它比我走得慢，可恶的东西！"他妻子知道他发傻气了，连忙叫他拿去。到街上一看，幸而没有被人家拿走，只得背了回来。他妻子织

---

1 [美] 丁乃通：《中国民间故事类型索引》，第 21 页，华中师范大学出版社 2008 年版。

了许多白布，叫他去卖，并且对他说："你最好把这布卖给和气点的人；倘使凶样的人要买，你不要赊给他；和善的人，赊给他也不妨。"他妻子说一句，傻女婿点一点头，直等她说完，拿了布去了。

走了半天，没有人来买他的布，就跑进一个庙里，旁边坐着许多罗汉，他挑了一个笑嘻嘻的罗汉，对他说："你买布吗？我赊给你，讲好多少钱一尺？"正好空中一只老鸦，"丫，丫"地叫了两声，傻女婿说："啊！二吊八一尺，够本了，先赊给你。"说完就把布放在罗汉身上，自己跑回家了。

到了家，他妻子问他卖给谁了，他说："我卖给对过庙里的和尚，他倒是很和气，什么话都不说，就说了个二吊八一尺，我赊给他了。"他妻子听了，知道是卖给罗汉了，因为庙里早就没有和尚。就叫傻女婿快去拿。傻女婿跑到那里一看，早就被人拿去了，只得垂头丧气地回来。走到半路，看见人家出殡，有许多人穿着孝，他跑上前抓住孝子说："我卖给罗汉的布，你们做起衣服来了，快还我！"被人家打了一顿跑回家，告诉妻子。他妻子说："这是出殡，人家怪难过的，你去抢东西，当然要打你，

你应该哭。"

有一次，他看见人家做喜事，就跑去大哭，嘴里还说："你们家死了什么人？"又被人打一顿，他只得埋怨他的妻子，妻子说："那是娶亲的，你应该欢喜才是，怎么好去哭呢！"

一天，人家着火，他以为是喜事，大笑。并且说："这家娶媳妇真热闹，有意思。"正说得高兴，又被人打了一顿。

他妻子一听说，又说了他一顿："人家失了火，应该给人家帮忙泼几桶水才是，你反来贺喜，能怨人家打你么？"

以后他有一次出门，遇见个打铁的，刚把火生着，他忙手忙脚地挑了两桶水，上去一下泼灭了，人家又打他一顿。

哭着到家里，对他妻子一说，妻子反而又埋怨他："太傻了，人家打铁的，应该替人家打几锤才是，怎么能把火给人泼灭呢？"

一天，两人正扭着在街上打架呢，他到跟前，照着每人身上打了几捶，人家两个立刻不打了，合手打了他一顿。

他哭着回到家里，妻子忙问："为什么又哭着回来啦？是受谁的气啦？"一听是这样的一回事，又说了他一番："你应该拉开他们才是，谁教你打人家

呢？"

迟了几天，外面有两头牛正抵架呢，他一直往当中去拉架，被一头牛的两只角直冲冲破肚皮，肠腑一起流出来了。[1]

与巧媳妇故事相对照的，有呆女婿故事。一巧一呆，相映成趣，均深得民众喜爱，成为生活故事的代表作。呆女婿故事最早见于三国时邯郸淳的《笑林》，以及明代冯梦龙的《笑府》等。20世纪20年代林兰女士编辑的《呆女婿的故事》一书出版，更引起学者对这类笑话故事的关注和研究。《借布机》就是这部故事集中脍炙人口的一篇。

故事讲述主人公因呆头呆脑，在日常生活中吃尽苦头。如分不清丧事和喜事，对着出殡的人家贺喜；不懂得失火和打铁是两回事，挑水把铁匠炉子泼灭了还以为是帮人救火；媳妇叫他见人打架就要劝架，他却去把两头正在争斗的牛拉开，结果受了重伤。故事采取连锁体结构展开叙述，情节活泼动人。这则呆女婿故事在简短的篇幅中熔事、情、理于一炉，使得故事"呆"趣横生，"呆"中藏智，"呆"中见笑，读来令人捧腹。从某种意义上说，它是一种儿童故事，意在从反面教会儿童一些生活知识，帮助少年儿童实现社会化，学会适应社会生活。在呆女婿身上，灌注着丰富的儿童生活情趣。如呆女婿从丈人家把织布机背回来，见织布机有四条腿，便对着织布机讲起话来："你有四条腿，我只有两条腿，你应该背我，怎么叫我背起你来了？你自己走！"于是把织布机扔在街上，自己跑回家了。这实际上是儿童心理的生动写照。因此，故事里呆子的言行虽十分可笑，却又天真可爱，并不惹人憎恶。

有时候呆女婿不懂世事、不谙情理的言行往往产生意想不到的喜剧效果。如著名故事家刘德培就讲过一则《两个女婿》的故事："大女婿乖巧，幺女婿苕。大女婿在回答丈人的问题时，总是有理而讨得欢心。苕女婿总是以'这是生就的'作答。当问到'你看我这嘴白胡子怎么样'时，苕女婿还是说'这是生就的'时，丈人告诉他哥哥对这个问题回答是'你年高有德，恭喜你的胡须好白'，苕女婿马上接过来'哦，你

---

1 林兰编《呆女婿的故事》，北新书局1929年版。

年高有德，就胡须好白，看那羊子生下来只有年把多，就长那么一嘴白胡子，它好大个高龄哪？好大的德行在哪里呀？'"[1] 呆女婿的回答全然不合人情，但却让人难以辩驳。故事家正是通过这样的喜剧情节，表现出对老实慈厚者的同情和喜爱，流露出乐观幽默的生活情趣。

文学作品通常都是赞扬智慧而鄙弃愚蠢，民间故事却把呆女婿刻画得活灵活现。有趣的是，在我国山西襄汾县长久以来流行七十二呆故事，不但有呆女婿，还有傻女、傻媳妇、呆父子等。"说呆人是个愚笨、少窍、执拗、古怪的形象吧，却又难概其全貌，因为有时又表现了他慈厚、耿直、淳朴、执着的性格。"[2] 在对那些呆人呆事笑过之后，又能给人以智慧的启迪，实在是奇特而有趣的文学现象。

三、机智人物故事

种金子（维吾尔族）

阿凡提借来几两金子，骑着毛驴到野外，就坐在黄沙滩上细细地筛起金子来。不一会儿，国王打猎从这儿经过，看见他的举动很奇怪，便问道："喂，阿凡提，你这是干什么呐？"

"陛下，是您呀！我正忙着哩，这不是在种金子吗！"

国王听了更加诧异，又问道："快告诉我，聪明的阿凡提，这金子种了怎样呢？"

"您怎么不明白呢？"阿凡提说，"现在把金子种下去，到居曼日[3]就可以来收割，把头十两金子收回家去了。"

国王一听，眼睛都红了，心想：这么便宜的肥羊尾巴能不吃吗？他连忙赔着笑脸跟阿凡提商量起来："我的好阿凡提！你种这么点金子，能发多大的财呢？要种就多种点。种子不够，到我官里来拿好了！要多少有多少。那就算咱们俩合伙种的。长出金子来，十成里给我八成就行了！"

"那太好啦，陛下！"

第二天，阿凡提就到官里拿了两斤金子。再过一个礼拜，他给国王送去了十来斤金子。国王打开口袋，一看金

---

1 王作栋整理：《新笑府——刘德培故事集》，第340-342页，上海文艺出版社1989年版。
2 刘润恩、李善武搜集整理：《七十二呆》，第191页，山西丁香文化编辑部（内部资料）2003年版。
3 居曼日：星期五，是伊斯兰教做大礼拜的日子。

光闪闪的，简直乐得合不拢嘴。他立刻吩咐手下，把库里存着的好几箱金子都交给阿凡提去种。

阿凡提把金子领回家，都分给了穷苦人。

过了一个礼拜，阿凡提空着一双手，愁眉苦脸地去见国王。国王见阿凡提来了，笑得眼睛眯成一条缝，问道："你来啦！驮金子的牲口，拉金子的大车，也都来了吧？"

"真倒霉呀！"阿凡提忽然哭了起来，说道，"您不见这几天一滴雨也没有下吗？咱们的金子全干死啦！别说收成，连种子也赔了。"

国王顿时大怒，从宝座上直扑下来，高声吼道："胡说八道！我不信你的鬼话！你想骗谁？金子哪会干死的？"

"咦，这就奇怪了！"阿凡提说，"您要是不相信金子会干死，怎么又相信金子种上了能长呢？"

国王听了，活像嘴里塞了一团泥巴，再也说不出话来。[1]

阿凡提是维吾尔族人民口头创作的光辉而不朽的艺术形象。关于他的故事恐怕也是流传地域最广，数量最多，最早为全国各族人民所喜爱的机智人物故事。人民文学出版社、上海文艺出版社和中国民间文艺出版社都曾出版过《阿凡提的故事》[2]专集，为阿凡提故事研究提供了丰富的资料，对各族机智人物故事的搜集产生了积极的影响。

阿凡提是维吾尔族人民理想和愿望的化身，《种金子》的故事就充分体现了他智慧和幽默的性格特点。在阿凡提系列故事里，国王、大臣、巴依财主常常想尽办法欺压穷苦百姓，阿凡提敢于并善于同他们进行斗争，他想出了"种

---

1 赵世杰搜集翻译：《种金子》，选自《中国少数民族民间故事选》，第115-116页，中国民间文艺出版社1981年版。
2 戈宝权主编：《阿凡提的故事》，中国民间文艺出版社1981年版。赵世杰编译：《阿凡提的故事》，中国少年儿童出版社1963年版。

金子"的办法，好好地捉弄了一次国王。播种本是再平常不过的农业生产活动，可是谁又听说过像种种子那样种金子，这个主意真是绝妙又荒唐。刚开始国王看到阿凡提在种金子时，也感到十分诧异，但是，当他得知两斤金子能收获十来斤金子以后，便喜出望外。贪婪又吝啬的国王把库里的好几箱金子都交给阿凡提，他满怀期待，沾沾自喜；在被告知种下去的金子颗粒无收的时候，他气愤地从宝座上直扑下来，高声叫吼；但是，面对阿凡提巧妙又机智的回答，国王哑口无言，丑态百出。故事讲述家将人物的语言神态描绘得惟妙惟肖，让人忍俊不禁的同时，也深刻地揭露出统治者愚蠢贪婪、自作聪明的虚伪本性。故事诙谐幽默的情节、机智风趣的对答，使我们不得不赞叹维吾尔族人民乐观向上的精神风貌和卓越超群的艺术表现力。

作为一个典型的艺术形象，维吾尔族人民常常把阿凡提作为凝聚民众智慧幽默的"箭垛"来处理，将许多风趣生动的笑话附会在他的身上，阿凡提的故事就像滚雪球一般越积累越丰富。在《金钱与正义》中，国王问阿凡提，要是在你面前放着金钱和正义，你要哪一样呢？阿凡提回答说要金钱。国王马上洋洋自得地说，要是我一定要正义，决不要金钱。他满以为这样会让阿凡提自惭形秽，结果阿凡提从容地回答道，缺什么的人就想要什么，你想要的东西正是你最缺少的呀！[1] 这种出奇制胜的回答精炼有力，鞭辟入里。《给大阿訇理发》讲述，阿凡提捉弄理发从不给钱的大阿訇[2]，问他要不要眉毛，阿訇说要，阿凡提飕飕几刀，把阿訇的眉毛刮下来递到他手中。又问他要不要胡子，阿訇连说不要，阿凡提又飕飕几刀，把阿訇的胡子刮下来，甩在地上。阿凡提在阿訇的"吩咐"下，把他的脑袋和脸都刮得精光，像一个光溜溜的鸡蛋[3]。阿凡提的诙谐幽默总是体现在嘲弄剥削阶级的言谈举止中，使得这种幽默感洋溢着生活乐趣，散发出乐观的斗争精神。

阿凡提的故事体现了维吾尔族人民勤劳乐观、豁达向上、富于智慧和正义感，不仅在我国各地家喻户晓，还受

---

1 祁连休编：《少数民族机智人物故事选》，第 126 页，上海文艺出版社 1978 年版。
2 阿訇，伊斯兰教教职名。
3 祁连休编：《少数民族机智人物故事选》，第 148 页，上海文艺出版社 1978 年版。

到许多国家人民的欢迎和喜爱，传遍小亚细亚、巴尔干半岛、高加索和阿拉伯等地区。阿凡提的故事还将更长久地流传下去。

领主挨揍（藏族）

有一次，阿古顿巴与其他佣人们打赌，要狠狠地揍老爷诺卓代瓦一顿。大家不相信，都想看看阿古顿巴这回怎么下手。

这天，该阿古顿巴去饮马了。有匹马膘肥体壮，非常善跑，诺卓代瓦很喜欢它。按平常的规矩，佣人们把这匹马牵去饮完水以后，不准让马在地上打滚，免得把马毛弄脏。这次轮到阿古顿巴。饮马以后，他故意让马在地上打滚，把周身都滚脏了才牵回去。到老爷家里时，还故意牵着马从诺卓代瓦面前走过。

诺卓代瓦一见自己最心爱的这匹马满身泥土，脏得不成样子，很生气。立刻从座上跳起来，把阿古顿巴拦住，大声嚷道：

"阿古顿巴，怎么搞的？把我的马弄成这个样子！"

阿古顿巴笑嘻嘻地回答：

"老爷，别生气，您也知道，这马呀，让它在地上打打滚，它心里舒坦了，嘿！跑起来可快啦！"

诺卓代瓦一想，这话也在理，就没有责备阿古顿巴。可是他很心疼这匹马，连衣服也没顾得上换，就亲手给马扫起土来。马身上满是泥土，真不好弄，不大一会，他浑身上下都给弄脏了。佣人们在一旁看见都忍不住发笑。这时阿古顿巴才假装殷勤，把主人拉开，说：

"老爷，老爷，让我来扫吧。看，把老爷的袍子都给弄脏了！"

诺卓代瓦这时才发觉自己满身都是泥土和马毛，连忙转身打刷自己的袍子。他左扫右刷，都弄不干净，急得要命。阿古顿巴见机会来了，便说：

"老爷，这样好不好，我拿根棍儿来给您拍打拍打，几下就干净啦！"

"唔，好吧。"

阿古顿巴很快就把早已准备好的棍子提来，起初故意轻轻地在诺卓代瓦身上拍，好大一会也拍不干净，诺卓代瓦不耐烦了，大吼起来：

"你没有吃饭吗？笨蛋，用劲！"

"老爷，我是怕把您老人家打伤了。您若不怕，我用劲就是。"阿古顿巴心想，哼！你说没劲，这下我使劲揍，让你尝尝棍子的滋味！

于是，阿古顿巴抡起棍子，狠狠地在诺卓代瓦身上打起来了。

"哎唷！傻瓜，轻点吧！"

"呵？还轻啦？我就再重一点吧！"阿古顿巴假装听错了，又狠狠地揍了他几棍子。[1]

阿古顿巴的故事广泛流行在西藏和四川、青海、甘肃、云南的藏族聚居区。在藏族人民居住的地方，随处可以听到讲述阿古顿巴故事的欢声笑语。"阿古顿巴"是藏语译音，其中"阿古"是人们的一种尊称，意思是"导师""叔叔"；"顿巴"是"滑稽"的意思，合起来就是"滑稽叔叔"。从"阿古顿巴"的名字就可以看出，藏族人民对这一文学形象的喜爱和亲近。

和阿凡提的故事一样，阿古顿巴的故事数量也非常丰富，它们就像一颗颗珍珠散落在藏民生活的地方。在这些故事中，阿古顿巴也是一个被压迫的农奴，但机敏、幽默、勇敢而富有智慧。面对邪恶势力，他往往路见不平，慷慨相助，以巧妙的手段惩治残暴的领主，揭发宗教的伪善；同时

又以友爱的态度帮助贫苦农奴减轻租税，解除忧虑，寻找幸福，他就像黑暗中的一盏明灯，鼓舞着人们生活的勇气和希望。1980年上海文艺出版社出版的《藏族民间故事选》收录了十则阿古顿巴的故事，包括《领主挨揍》《佛爷吃糌粑》《三不会的雇工》《贪心的商人》《国王的座位》《房子和锯子》《阿古顿巴的宝物》《泽朗娶亲》《死鸽子》《铜锅生子》。这些优美有趣的故事蕴藏着藏族人民无尽的智慧和富有诗意的审美韵味。

《领主挨揍》乍看起来，有点像是恶作剧，但仔细推敲，却符合生活逻辑。领主爱马如命，每当佣人们牵他那匹膘肥体壮、非常善跑的马之饮完水后，他不准马在地上打滚，免得把马毛弄脏。这种连马的自由都要限制的领主，对他的奴隶就可想而知了。阿古顿巴正是抓住了领主的这一弱点，先是故意让马在泥土里打滚，并巧妙地解释了这样做的原因，然后借为领主拍土的机会，狠狠地揍了领主几棍子。故事构思巧妙，寓庄于谐，流露出藏族故事家趣味横生的讲述风格。惩治领主的事情在当时的现

1《领主挨揍》，选自《藏族民间故事选》，第329-331页，上海文艺出版社1980年版。

实生活中是很少发生的，但是在民间故事中，却是另外一番情景：善良正直的劳动者总是赢得斗争的胜利，狠毒残暴的剥削者总是遭到辛辣的嘲讽和严厉的制裁。这恰恰是机智人物故事引人入胜、传播欢乐的魅力所在。

如何更好地理解阿凡提、阿古顿巴等机智人物故事，祁连休作了很好的注解："各族人民群众喜爱这些故事，经常聚在一块讲述这些故事，嘲笑和抨击他们恨入骨髓的官吏、僧侣、财主、富商、高利贷者，否定旧社会的道德、秩序，借助笑的乐趣来抒发不平的胸臆，解除生活给他们带来的烦恼，从中得到各种有益的启示和鼓舞。我们只有把这类机智人物故事同各民族劳动人民昔日在极为反动、落后的社会制度桎梏下过的悲惨生活，同他们祖祖辈辈所受的极为沉重的压迫、极为残酷的剥削紧密地联系起来，才可能充分理解整个作品的思想内容，充分估价它们的笑的乐趣的现实意义。"[1]

1 祁连休：《机智勇敢的劳动者形象——〈少数民族机智人物故事选〉序言》，选自《中国民间文学论文选》（下），第328页，上海文艺出版社1980年版。

斗鼠记（湖北汉族）

十堰市这地方，在春秋时期属麇国。一天，王公说了一句"老人无用"的话，朝廷就按这金口玉言，定下了一条法规：凡是上了六十岁的人，就要送进"自死窑"里，让他们一个个活活饿死、冻死。这习俗一代一代传下来，没有哪个百姓敢违抗，也不知坑害了多少老人。

有一年，外国的黄毛子发来战表，要和麇国斗鼠，斗不赢就得向黄毛子月月朝拜，年年进贡，若不答应就发兵来攻打。这下子急坏了王公。他立即上朝，召集文武大臣商议对策。

一个大臣说："世上有斗牛、斗鸡、斗蟋蟀的，斗鼠还是第一次。黄毛子是善者不来，来者不善。我们不如答应进贡，免遭国难。"

另一个大臣不服气地说："这样太便宜了黄毛子，麇国这么大的地方，找几只大老鼠不难，真的斗不赢，就和他战个高低，决不能让他们欺负住了。"

王公一听，觉得有理，就下了一道圣旨："选鼠迎斗，赢者重赏。"又回表外国："可以斗鼠，但要斗三次，以最后一次胜败算数。"

过了些天，送鼠的百姓不计其数，王公亲自选了一只又肥又大、牙齿锋利的老鼠，让其精心喂养，等着到期斗鼠。

第一次斗鼠那天，百姓都知道要是斗输了，黄毛子杀人可不眨眼睛，大家提心吊胆，涌到斗鼠场来看输赢。

谁知黄毛子一放鼠，只见那怪物鼠头豹身羊子腿，足有黄牛大，都吓得呆了。麇国放的鼠不到两斤重，被黄毛子的鼠轻轻一踩，早已粉身碎骨。黄毛子仰天哈哈大笑，高声宣布说："我们这鼠叫犀鼠子，下次，麇国放什么动物来斗都行。"

第二次，麇国放出一只猛虎上阵，只见那犀鼠子更凶，三下五除二就斗败了猛虎。麇国连败两阵，这可如何是好？王公只有再张贴皇榜：有斗败犀鼠者，孤家愿让半壁江山。

这时，有个叫杨三的小伙子，父亲上了年纪，被送进"自死窑"。他想：伯伯¹把自己养成人，还天天种地，年年交租纳粮，养活朝廷的文武官员，眼看伯伯活活饿死，实在不忍心。所以，他每天偷偷给伯伯送饭。这天路过墙边，见到皇榜，也是不住地唉声叹气。他一口气跑到伯伯那里，把皇榜的事情告诉了老人。

老人说："那是国家的事，我这快死的人，懒得管！"

杨三说："您老了，我还年轻，有一身力气用不上。您不是常开导我，

'先有国，后有家，国亡家也破吗？'如今国难当头，怎么能不管哩！"

杨三这一席话打动了老人的心肠。老人一想，娃子不错。他说："三娃子，斗败犀鼠子不是个大难事。"

这下子可喜坏了杨三，连忙上前问道："伯伯，朝廷所有的大臣都说没得法，您有啥法子，快说说吧。"

老人说："我听老辈子说过，犀鼠再大也是鼠性，非猫子不能降它。你要能找到一只有十三斤半重的大猫，就能斗赢它！"

杨三每天除给伯伯送饭外，就一心去谋大猫。在东村找了第一只有十斤重，在南村找了第二只有十一斤重，在西村找了第三只，在北村找了第四只……三天三夜，好歹找了十只，可是最大的才有十二斤九两。杨三又去问伯伯。

老人说："有十三斤半的鼠，难找十三斤半的猫。你的老爷还告诉我一个法子，就是把这十只猫关在一个大笼子里，不喂食，猫子饿极了就会你咬我，我啃你，啃剩下最后一只就是好样的。你就好好喂养着，斗鼠前三天停食。"

---

1 十堰一带称父亲为伯伯。

杨三就照老人说的做，去揭了皇榜，到京城参加斗鼠。

第三次是决定国家命运的一斗，场上里三层，外三层，围满了担惊受怕的人，王公众臣更是战战兢兢，吓得浑身流汗。斗鼠开始了，黄毛子傲气十足，放出的犀鼠子昂头摆尾。只听得黄毛子一声大喊："谁敢来斗，不斗算败！"

这时，杨三心里火冒三丈，大喝一声，地动山摇："我来斗！"他从人群里跳到场子当中，黄毛子看他背个大布袋，土里土气，忍不住歪脖大笑。杨三迅猛抖开布袋，只见一只暴躁、凶狠的雄猫冲了出来，"喵喵"叫声不绝。说来也怪，愤怒的猫竟把庞大的犀鼠吓得连连后退，猫吼一声，犀鼠缩一截；连吼几声，缩成尺把长。此刻，雄猫摆出一副饿虎下山的架势，猛扑上去咬死了犀鼠子。杨三的猫终于争了这口气，斗赢了！黄毛子的威风扫了地，夹着尾巴逃走了。

全国百姓欢天喜地。黄毛子知道麇国有能人，再也不敢来侵犯。王公召见杨三，要给他半壁江山。杨三摇摇头。

王公说："给你金银财宝。"杨三说："我什么都不要，只要救我伯伯！这斗败犀鼠子的法子是我伯伯教的。"

王公问："你伯伯在哪里？"

杨三说："我伯伯在'自死窑'，是我天天偷着给他送饭才没饿死。"

王公说："幸好这老人没饿死，才保住了天下。老人真是一个宝！"说罢向满朝官员下了一道圣旨："老人有用，从今废除'自死窑'，谁敢再送老人进窑，斩首问罪！"

世界舆论认为，中国是一个自古以来就有敬老传统的国度，而事实上，任何一个民族的敬老传统都不可能天然生成，《斗鼠记》从一个侧面见证了社会文明从弃老到敬老习俗的转变。根据我国故事学家刘守华教授研究发现，我国的《斗鼠记》以及日本的同型故事《弃老山》均源于汉译《杂宝藏经》中的《弃老国缘》，其故事梗概如下：

过去更远，有国名"弃老"，有老人者，皆远驱弃。有一大臣，心所

1《斗鼠记》，黄金道、全廷秀口述，一楠搜集整理，选自《湖北民间故事传说集》（十堰市），第44—46页，中国民间文艺研究会湖北分会1981年版。

不忍，作一密室，偷养老父。其时天神以八事相难国王：辨二蛇之雌雄，量大白象体重，识两方檀木木质之头尾，区分二马之母子属性……如不能解，国将覆灭。大臣私询老父，出面悉皆答之。后白国王，臣之应答，尽是父智，非臣之力。国王由是普告天下，不听弃老，仰令孝养，其有不孝父母，当加大罪。（《大正藏》第4卷本缘部下第449—450页）[1]

这部《杂宝藏经》于北魏孝文帝时期写定，敦煌文书中已有不少《杂宝藏经》的抄本残卷，可见到唐代此经已得到相当广泛的流传。书中所记载的民间故事对我国以及周边国家都产生了深远影响。在我国与《斗鼠记》同类型的异文达70余篇，分布在汉族、蒙古族、朝鲜族、苗族、维吾尔族、土家族等地区。丁乃通先生在《中国民间故事类型索引》中，将这一故事类型列为AT981"隐藏老人智救王国"。

在人类社会的原始时代，确有过"遗弃或杀死老人"的习俗。这已为大量人类学调查材料所证实。俄罗斯著名学者普列汉诺夫在《论艺术（没有地址的信）》中曾说：那些原始民族"遗弃或杀死老人"，并非由于生性残忍，"而是由于野蛮人不得不为自己生存奋斗的那些条件"。由于当时食物匮乏，生存条件恶劣，"杀死非生产的成员对社会来说是一种合乎道德的责任"。作为对这一习俗进行解说的传说故事，成为载负弃老习俗的历史忆述，故事与习俗之间相互依存，交融生辉。

印度故事流传到我国，在保存情节主干的基础上，也发生了一些变异。其中以养猫克鼠来表现老人的智慧，是中国传说所特有的情节，这恐怕与中国自汉唐以来就不断有远方异国来朝，进贡各种珍奇物品有关。《斗鼠记》虽然

1 转引自刘守华：《"寄死窑"弃老习俗与传说交融生辉》，《文化月刊》2010年第12期。

以弃老习俗为背景，但着力宣扬的却是老人智解国难，由此树立起"老人是个宝"，应孝养老人的习俗和观念，这也使得这个歌颂智慧老人的故事为广大民众所喜闻乐见，传诵不息。

五、友谊试金石

路遥知马壮（山西汉族）

路遥是山西人，马壮是山东人，两人认识结拜相好，生死弟兄，亲如同胞。马壮在路遥家念书哩，念，念，念得兄弟俩大了，先给老大娶过媳妇。

这天，路遥对马壮说："兄弟啊，你也该成个家了。"

"俺出门在外，你对我这好，那好，就管够意思了，娶啥媳妇哩，人儿谁给我个女儿哩？"

"咱弟兄俩亲如同胞，你不用说这话，哥再怎么也得给你成个家口哩。"

这路遥就给查考哩，查考，查考，问下个媳妇，娶回来，拜了天地，黑夜入洞房时，说："那哥和新人家先圆房哇！"

人说：三不让人，做房事不让人，吃药不让人，死动不让人。他心里圪蹙哩不愿意，嘴上说："你想去几黑夜去上几黑夜。"

路遥搬的桌子，拿着灯，拿着书，往后炕一放，坐那里看书哩。

新人家坐窑洞夯晃[1]不看"女婿"，"女婿"只顾看书哩，连眼皮也不撩。

后半夜，听房的也没了，新人家扭过头来看"女婿"，看了几遍，也没搭理，新人家没睡，路遥也没睡，明了，怕客人们知道哩，把桌子一搬，走了。

马壮一黑夜没睡着，盘量这个事情呀：没钱儿人，啥鬼也挨哩，不如不给我娶哩。整整圪蹙了一黑夜。

第二天天明，早早起来，进了书馆，见了哥哥问："哥你早早起来了？"

"嗯！"

说完打将洗脸水，倒上滚水，掺上冷水，温而不出哩，说："哥你洗哇。"

"昂，哥洗呀，你看你媳妇去哇。"

第二天天黑了，马壮说："哥啊，你今儿黑夜再去哇。"

"哥说的一黑夜，不去了。"

马壮来到新人家房里，囫囵衣裳睡下了。新人家扑皮了，数落开了："咳！

---

1 坐窑洞夯晃：当地风俗，婚礼那天，新娘铺被子，坐在窑洞夯晃，一天不能下地。

那人啊，那人啊，头一天黑夜，你看了一黑夜书，眼皮也没搭，是哪里不对，说哩，我人不对，你也多见过了，是配扇亲友，俺的家底儿你也知道，我又不是大白纸包的哩。"

这一说，马壮心里明白了，啥也不嫌了，两个挺乐，后半夜成了夫妻。

西京长安开了科举，马壮想到长安去考科考，没有路费。路遥说，哥借钱也得叫你考。马壮一考，考到长沙当了府官，带上家眷走了。这一走，书没书，信没信的。后来路遥家也过穷了，两口子一商量，打算凑点银子让路遥到长沙去找马壮。路遥一路辛苦，好容易找到长沙府，看见一个戴翘翘帽的人，果然是兄弟马壮，哥俩见了面挺高兴。住了几天，路遥想回去。马壮说，哥啊，你再住上几天，我出去催粮，催回多少你拿上当盘缠。这一住又是一个多月，好容易把马壮盼了回来。

路遥说："我要回去了！"

"来还没吃没喝哩，你倒回呀？"

"回呀！"

"一定要回哇，管家，给我哥批50两银子！"

路遥一听，连一半的路费也不够，说："兄弟啊，不用拿了，你家大了过

哇！"

小婶在一边也说少，马壮又给批了十两说："马童，给我哥备马！"

马童给牵将马来，这马瘦得脊梁就像刀子，备上鞍子，骑上，软得打摆哩。

走，走，到了店里，店掌柜问："路老爷啊，你想吃些啥哩？"

"人们吃啥我吃啥，给我把马子喂上就行了。"

"远天失地，吃上些好饭哇！"

"吃能，我可没钱儿。"

"不怕，想吃啥，你吃哇。"

吃完饭，一算账，不用出钱儿。走了。心想：这不知怎了，俺出来时，谁也不理我，回呀，谁也叫我路老爷，不用做声，酒肉端上来了。

原来是马壮给他沿路安排好了。

回来了，村里人问："路老爷啊，回来了？"

"嗯，回来了。"

心话：不知怎地，村里人也叫我路老爷哩。

说着，瞅端哩寻各人那三间房哩，怎也寻不见，"莫非走差了。"

正定眙中间，人们说："路老爷啊，马壮兄弟给你圪亮亮盖起一幢四合屯院，你进哩哇！"

进哩了，女人乐得喷喜喜哩，说："你走了，马兄弟给咱盖起新院子，花的没钱儿，叫到铺买上取上。"

这时，路遥才恍然大悟，明白了兄弟的心意。所以后人说："路遥知马壮，事久见人心。"[1]

"路遥知马力，日久见人心"是中国民众非常熟悉的一句俗语。意思是路途遥远，才能知道马的奔跑能力和耐力大小；与人处事、交往的时间越长，越能看出这个人的品德是否高尚。生活中的许多事情都需要经过时间的淘洗和考验，与人交往，特别是交朋友，这句话给人以深刻的启迪。在我国民间有许多解释俗语由来的故事相传。这则《路遥知马壮》故事以"路遥"和"马壮"作为两位主人公的名字，编织出他们之间曲折动人的友情故事，推导出"日久见人心"的生活哲理，体现了我国历代民众关于友谊中伦理道德的总结和思考。

"路遥知马力"故事原本不在世界民间故事的 AT 分类体系中。丁乃通先生在编撰《中国民间故事类型索引》时，注意到这类故事的蕴藏状况，因而增补了"890·秘密的慈善行为"类型。其情节梗概为：有两个熟悉的朋友。甲对所有的友人都慷慨，总是在经济上帮助乙，但是乙显得对他的好心并不欣赏。当甲陷于困境时，乙好像也不帮忙。当甲的处境确实十分危急时，他才了解到乙一直为他在别的地方暗暗地购置了财产或投资其他生意，并已为他挣了很多财产[2]。在上世纪的民间文学普查活动中，更多的异文材料被发现和记录下来。这一俗语故事已成为我国流传广泛，深受民众喜爱的一个故事类型。

本文选录的这则故事是由山西故事家尹泽老人讲述。尹泽出生于山西朔县，十三岁时就当了羊倌，常常跟着大人们哼小曲、唱民歌、讲故事。由于马邑南来北往的人很多，他会讲的故事也越来越多。20 世纪 80 年代，尹泽被授予"山西优秀民间故事家"称号。他讲述的这则《路遥知马壮》，就是这类故事中十分精彩的一篇，具有风格浓郁的山西文化韵味。

---

1 范金荣搜集整理：《路遥知马壮》，选自《朔县民间故事集成》。
2 [美] 丁乃通：《中国民间故事类型索引》，第 278 页，中国民间文艺出版社 1986 年版。

故事由前后联系的两个情节单元构成：一是洞房误会型。民间俗云"三不让人"之首即"妻不让人"，然而故事中的盟兄路遥为考验朋友，提出"代弟入洞房"这一有悖伦理的要求。在一般的人际交往中，此举足令对方齿冷断交。在故事中，盟弟马壮虽不情愿，但最终还是应允了。故事家正是运用"误会"与"悬念"的手法，生动地刻画了两位主人公的性格特点。当误解的一方了解真相后，不是直言说破，而是顿生"报复"之心，蓄意"以其人之道还治其人之身"。二是暗报友恩型。马壮进京赶考做了府官，走后便没了音讯。路遥家道中落，打算投靠友人。不料，马壮并没有相助之意，路遥暗恨自己交错了朋友，殊不知马壮是以典型的"中国方式"暗报友恩。在传统的农业社会里，娶妻、盖房是民众生活中的首要大事，酬报友恩的最好方式自然是为朋友盖一座新宅院。这生动地体现了我国传统文化倡行的"滴水之恩，涌泉相报"的道德观念。原来因误解而蒙耻的"伪君子"，恰是知情知义的真朋友。

故事戏剧性地展现了一对朋友在漫长的人生岁月中结下的真挚友情，两个回合的"较量"呈现出生活的曲折坎坷，情节诙谐风趣，洋溢着浓郁的世俗与人情气息。这种别具匠心的艺术构思，在制造悬念与意外的同时，也使我们感受到民间社会所力倡的朋友交往应重义轻利，知恩思报的文化观念。

六、经商故事

当"良心"（辽宁汉族）

古时候，有一位张掌柜到北边做生意，积攒了一些碎银两打算回家过个年。路上经过一个堡子，遇见一个姑娘说自己的爹爹死了，没钱发送，娘又生病了，吃不起药。张掌柜心一软，掏出三十两银子递给姑娘。又走了一段路程，他到一家饭馆吃饭，看到一个老太太揪住一个姑娘就打，姑娘向张掌柜求救，说自己被人拐骗卖到了窑子，张掌柜又花了五十两替姑娘赎了身。腊月里张掌柜赶回了家，媳妇和孩子这个乐呀，但是，张掌柜心里发愁，身上已经没有银子了，怎么过年呢？他走到一家当铺前，琢磨着想当点东西。

当什么东西呢？张掌柜看看自己，除了身上的衣服，真就没有什么可当的。不行，今天怎么也不能空手回家，张掌柜也没有多想，开口就招呼："掌柜的，我当东西。"

当铺掌柜一看来生意了，满脸是笑地过来了，说："你当什么东西？"

张掌柜咂巴咂巴嘴，说："我当，我，我，当天地良心！当二十两银子。"

当铺掌柜的没听明白，以为天地良心是什么值钱东西，就说："你先拿出来，我看看货再定价钱。"

张掌柜说："这良心我走哪都带着，就是没法拿给你看。眼下我是过不去年了，才把良心当给你们，二十两银子，我也不多要。"

当铺掌柜的扑哧乐了，说："我在柜上这么多年，当啥的都见过，还没听说有当良心的，这得怎么当呢？"

张掌柜说："就当个信用吧，过了年，我有钱就来抽号。"

当铺掌柜的一摆手说："别忙，这件事我作不了主，得向咱们财东打个招呼。"说完就进里屋了。

当铺掌柜进了内宅，见了财东说："老财东，可当出新鲜事了，外边铺面有个当东西的，你猜当啥？要当天地良心！"

老财东一听也乐了，说："真是啥人都有，他干吗要当良心？"

当铺掌柜的说："家穷过不去年了。"

老财东说："他要当多少钱？"

"二十两银子。"

"我看看这是个什么人。"老财东也是个好事的人，就来到前柜。他一看张掌柜，不像个坏人，就对掌柜的说："不就二十两银子吗，收下他的良心，给他开上当票，日后他也好抽当。"

当铺掌柜憋不住乐，老财东今天是怎么了？啥东西也没得，掏出二十两银子，还得搭张当票。心里这么想，可他还是照办了。

张掌柜拿着20两银子回到家里，往外一掏，媳妇吓坏了，说："你是偷的还是抢的？"张掌柜说："我上当铺当的。"

媳妇哪能相信，家里没有好当的东西呀？就忙三迭四地问："当的啥？"

张掌柜说："当的天地良心。"

媳妇一听着急了，说："这银子可不能花！要不过年以后没钱抽当，你不成了没良心的人了？要我说，还是早把银子送回去，五天以内没有利息。不挂心这档子事，年也过得松心些。"

张掌柜一听，是这么个理儿，扭身又回到当铺。赶巧，财东和掌柜的都在。张掌柜忙从怀里掏出银子和当票，说："我抽当来了。"财东说："怎么这么快就抽当了？"张掌柜说："刚才我是一时糊涂做错了事，回家后越想越后悔，这人穷到什么分上也不能出卖良心啊！我怕日后没钱抽当，丧了良心，人可就不能活了。"

财东一听他说得在理，就问："你是干什么的？咋把家过得穷到这个份儿上！"

张掌柜打了唉声说："不瞒你说，我也是个买卖人，在北边熬巴几年，也挣了点银子，谁承想都舍在回家途中了。"他把事情经过从头到尾向当铺财东学说一遍。

财东说："你这个人心肠太好了，好得难找哇！这样吧，你过了年别上北边做买卖了，我这当铺还缺一个掌柜，我信得过你。那二十两银子算是提前支给你的工钱，过了年你就到铺子来吧。"老财东说着，把银子退给掌柜，把那张当票当场撕了。

张掌柜一听挺乐，把银子重新拿回家，对媳妇一学说，媳妇乐坏了，全家人过了个欢喜年。

到了初三，买卖开市了，张掌柜就到当铺当了掌柜。老财东正好要带老婆孩子到南方省亲，临走前，嘱咐张掌柜说："铺子全交给你了，今天是开市第一天，不论谁来当什么全都接；要价高点低点别计较，做买卖要图个吉利。"张掌柜自然满口答应。

老财东带着家人刚走，事可就来了。几个小伙子抬着一具尸首进了当铺，说是爹爹死了，尸首没处放，先当给当铺。张掌柜心里犯嘀咕，问他们要当多少钱，他们说五百两银子。张掌柜想起老财东的交代，就照价开了当票。过了一个月，老财东回来了，一看这事做得真是不招人爱，又过了一些时日，还是没有人来抽当。老财东对张掌柜说，你这几个月的工钱就不细算了，你把那个尸首抬走吧，什么时候人家来抽当，这五百两银子就还给你。张掌柜一听，这意思再明白不过了，只好卷铺盖回家了。

回家后，张掌柜对媳妇一说，媳妇弄得急急歪歪的，这叫什么事？没听说出外忙活几个月，挣回家一具尸首的。也不能这么明面摆着，大人孩子看着怪害怕的，张掌柜卷起北炕的炕席，把尸首裹好，戳到灶间墙拐角。这往后，媳妇自个儿都不敢到灶间烧火做饭了，总觉得头皮发麻，上灶间得拉上张掌柜陪着。

不知不觉又过去一个多月，还是没

有人来抽当。张掌柜真发愁了，虽说时间长了家里人不那么害怕了，但总放下去也不是个事儿呀。一天夜里，媳妇自己到灶间取东西，迈进门槛，就看见尸首倒在地上，全身亮得晃人眼。媳妇吓得忙喊张掌柜："不好了，尸首着火了！"

张掌柜一听，这还了得，烧坏了尸首赔不起呀。他趿拉着鞋就跑到灶间，凑到跟前一看，哪是着火了？尸首分明变作一个金人！再看金人的后背上，刻着四个大字"天地良心"。张掌柜和媳妇一合计，这个财太大了，何止五百两银子？自家收下可不妥当。冲着天地良心，也得给柜上送去。

第二天，张掌柜去找当铺财东，说："老财东，我搬回家的不是一具尸首，是一个金子铸成的金人哪！该着柜上发财，当初收下了这个当。你快叫人搬回来吧。"

老财东先是不信，天下还有这种事？他赶去一看金人后背上那四个字，老财东不言语了，半天才说："这个财我不能要，实说吧，别人想要也要不去。金人是冲着你来的，换个人家，又是具尸首。"

张掌柜说："那怎么会呢？"

老财东拍拍金人后背说："天地良心这四个字说得明白，这个金人是老天给你的赏赐。看起来，这为人做事真得讲良心啊。"

张掌柜一家有了金人，从此过上了好日子。[1]

较农业发展晚近而又更具开放性的商业，在人们生活中具有举足轻重的地位。有关经商的故事也在中国民间文学中表现显眼，其中以"当良心"的故事最为典型。它以特殊的典当业作为故事背景，塑造了一批正直、忠诚、守信的商人形象，显示了该类型故事在我国故事学领域所具有的特别意义。这则流传在辽宁沈阳地区的《当"良心"》故事，是由著名故事家谭振山讲述。故事以其传奇感人的情节、朴实无华的语言、沁人心脾的哲理，显示了故事家高超的讲述才能，成为这类经商故事中的经典之作。

故事构思奇特巧妙，在故事开始前，谭振山还加了这么几句话："在早，有不少地方开有当铺，等钱用的人

---

1 江帆采录整理：《谭振山故事精选》，第299-306页，辽宁教育出版社2007年版。

家可以把东西送进当铺押几个钱，等有钱时再赎出来。当铺里当东当西，谁听说过当'良心'的？这'良心'多少钱一斤？怎么个当法呢？别说，还真有过这回事。"短短几句话给人留下无穷的悬念和遐想。生意人张掌柜回家过年，路遇两个落难女子，将积攒几年的银两救济了她俩。然而年关在即，妻儿一无所有，张掌柜走投无路，想出了用"良心"去做典当。情节虽然离奇，但也蕴含深意，良心并非人人皆有，更非人人可当。张掌柜当"良心"，说明他有良心可当，这颗滚烫炽热的"良心"，使他作为生意人，却将辛苦赚来的血汗钱救济了两位落难女子，这种助人为乐、先人后己的无私精神正是他高尚人格的写照。无独有偶，在当"良心"之后，故事又出现了当"死尸"的情节。"死尸"于任何人来说都不是一件吉利的事，对于那些希望开张大吉的生意人来讲，更怕遇上这档子事，可偏偏碰上了。就连张掌柜"不听便罢，听完吓得心忽悠一下子，心想，我年前来当天地良心就够出奇了，这怎么还有来当死爹的呢？真是稀奇出花来了"。故事通过一个又一个悬念，让听者生出一个又一个好奇，最终张掌柜收进来的死尸变成了一尊金

人，故事以出人意料的奇妙情节戛然结束，再次印证了好人好报的"良心"主题。

故事除了努力刻画张掌柜讲道义、有爱心、不贪财、重诚信的理想商人之外，也在情节的跌宕起伏中塑造了一位可亲可近的当铺老板形象。尽管他开当铺要赚钱，但仍具有商人的道德品格。他具有同情心，相信人总是好的，在得知张掌柜的实际境况后，以信用担保，预支给他们救急的银两，这在追求利益的商业社会实属难得。当张掌柜接当一具死尸后，当铺老板也十分为难，毕竟典当行不是救济行，权衡再三，他将张掌柜辞退，临行之时他仍然讲信用地说："你这几个月的工钱别细算了，我给你五百两银子，没有现钱，你就把那个尸首抬走吧，什么时候人家来抽当，五百两银子就还给你了。"而当张掌柜看到死尸变成金人，合计着给柜上送去，老财东却坚辞不受，他拍拍金人后背说："天地良心这四个字说得明白，这个金人是老天给你的赏赐。"经历了"良心"和"金人"的考验，张掌柜和老财东这两位"君子爱财取之有道"的商人形象给读者留下了深刻印象，概括地反映了我国商业文化重视伦理道德的传统，体现了广大民众对商业文明

和道德良心的呼唤。

　　恰如俗谚所言："钱财易得，信誉难得""生意人的良心无价宝"，《当"良心"》故事以奇妙的艺术构思，凸现了我国商业经济的"良心"问题，展现了经商故事的价值观念，切中时弊而发人深省。

七、奇巧婚姻故事

憨子寻女婿（湖北汉族）

　　憨子的老婆生了个独女子，两口子喜欢得要命，拿在手里怕掉了，衔在嘴里怕化了。

　　女子长到20岁，还没人来提亲，憨子两口子心焦闷倦。一天夜里，老伴说："儿大当婚，女大当嫁。女子大了，不能跟我们住一辈子，给她找个人儿吧。"

　　憨子说："咋不行。"

　　老伴说："找个有本事的。"

　　憨子说："我晓得。"

　　天一亮，憨子带上干粮出门了。走着走着，来到一座山上，有一个青年猎人在打猎，拉弓射箭，一箭一个猎物。憨子想，这娃子本事大。凑上前招呼说："你这手艺高绝得很，屋里谁跟你过生活？"

　　猎人说："我妈。"

　　"那好，我有个女子，还没得婆家，给你吧。"

　　青年猎人一听，喜得连连跪下磕头，问："我啥时候去接？"

　　"八月十五。"

　　憨子定了女婿，喜癫癫地绕着道往回走。走哇，走

哇，见一条大河，一个后生娃在渔船上打鱼。憨子央求打鱼的用船把他渡过去。船行到河心，打鱼的说："这鱼好多。"憨子问："在哪里？"打鱼的把网撒下去，打上来满满一网鱼。船压得歪歪斜斜，憨子就帮打鱼的收鱼，边收边问："你大哥船上也没得个帮忙的？"

打鱼的说："没本事，没人给媳妇。"

"有本事，有本事。我有个女子，还没得婆家，给你当媳妇吧。"

"咋不行，啥时候接？"

"八月十五。"憨子岁数大，记性差，忘了把女子许给打猎的了。

天黑，憨子住在客店里。半夜，女掌柜的得急病死过去，全家人哭得真伤心，憨子也心酸酸的。

客店里正乱糟糟，进来一个看病的说："让我看看能救不？"他摸摸女掌柜的胸口，心还跳，找穴位扎了一针，

女掌柜的睁眼了。客店全家对看病的千恩万谢，端酒炒菜，还请憨子陪客。

席上，憨子见看病的有本事，长相也强，就想把女子给他。

憨子问："你的本事跟谁学的？"

看病的说："祖传的。"

"不传别人？"

"不传别人。"

"你可好好教你儿子。"

"我连媳妇都没得，哪来的儿子。"

憨子高兴地一拍大腿，说："咋不早说，我家有个女子，还没婆家，跟你配对吧。"

看病的连忙躬身下拜，问啥时候去接，憨子也说八月十五。把打猎的和打鱼的事早忘记了。

八月十五那天，打猎的、打鱼的和看病的都抬着轿子、吹吹打打来接人。憨子一急，把女子推到门外水塘里的一

棵大树上。三家接亲的到了门口，憨子指着大树说："女子只有一个，在水塘大树上，谁有本事谁接去。"

三家接亲的你望望我，我看看你，都往大树上瞅，见一女子坐在树杈上。

打猎的气得没法，照着大树"飕"的就是一箭，这一箭，不打紧，吓得女子一哆嗦掉到水塘里了。打猎的一看出了人命，抬起轿子就跑。

打鱼的见女子掉进水塘，拿出渔网就撒，把女子打捞上来，一看，死了，也抬起轿子就走。

看病的见打鱼的捞起女子，忙掏出看病的家什，撬开女娃子的嘴，喂了一服药，拉一下手，按一下胸，几下子就救活了。

吓愣了的憨子老两口，见女子救活了，上去就给看病的下跪，看病的拉住他们，说："别这样，救人嘛，救的又不是别人。"

说完，把女子往轿里一塞，吹吹打打地抬走了。[1]

围绕婚姻的缔结而发生的各种离奇又精巧的故事，是生活故事中形态缤纷、数量众多、为人们所津津乐道的一个故事类型。它反映了我国历代民众对于婚姻题材的关注，以及对美好姻缘的期盼和向往。在这类故事中，有情节曲折感人，但有情人终成眷属的；有讲述月老牵线，奇特姻缘的；还有讲姐妹易嫁，上错花轿，嫁对郎的。本文选录的这则《憨子寻女婿》属于笨人笑话的类型，情节轻松幽默，读来饶有意趣。

憨子为女儿的婚事发愁，他打算出门去寻女婿。结果忘性大的憨子一下子约了三个女婿在同一天来娶亲，这让故事情节顿时变得紧张冲突了起来。在民间故事中，的确有不少记性差的憨人形象，丁乃通先生在 AT1687 "忘掉的东西"中也提到这种类型的人物形象：一个在野外旅行的人到路边解手，解完后看到自己刚放下的东西，奇怪谁把这些东西忘在那里。他特别高兴地发现了拴在树上的一匹马，这马实际上是他自己的。当他看到地上自己拉的屎时，特别气愤，责怪那个拉屎的人不讲公德[2]。故事里的憨子也是如此，他并非有意制

1《憨子寻女婿》，孔详诗讲述，王崇书采录，选自《十堰市民间故事集》，湖北十堰市群众艺术会编印（内部资料）1987年。

2［美］丁乃通：《中国民间故事类型索引》，第320页，华中师范大学出版社2008年版。

造矛盾，而是因为性格憨傻，竟将三个女婿约到了一起。中国的老百姓总有一颗善良的心，他们相信憨人有憨福，于是故事情节发生了一些有趣的转折。憨子把闺女推到树杈上，被打猎的射到水里，打鱼的把女子捞起来，被看病的救活，这些匪夷所思的情节被故事家巧妙地连贯起来，就好像故事的链条一环套着一环，最后憨子的闺女被看病的娶走，故事有了一个快乐又皆大欢喜的结局。

这则流传于湖北十堰地区的憨子故事，还有一些姊妹篇，有一则《憨子学见识》讲述：有个男娃子从小爹妈给他订了亲，谁知他越长越憨，老丈人见他憨得没边，想赖婚。憨子爹没办法，让他出门学见识。憨子走进一片竹林，里面麻雀叽叽喳喳，突然飞来一只鹞雀，麻雀都不吱声了。憨子问樵夫，樵夫说："一鸟入林，百鸟哑声。"憨子走到一个池塘边，见一个后生娃在看塘堰里的鱼，他问后生在看什么，后生娃说："一塘好鱼娃，就缺网来打。"憨子上了一座独木桥，对面走过来一个秀才，秀才边走边说："双桥好过，独木难行。"

一天，憨子的老丈人过寿，憨子爹让他去拜寿。祝寿的人都想看他的笑话，见他来了，都不吱声，看他说啥。憨子一进门，就说："一鸟入林，百鸟哑声。"老丈人请他进正堂，端上一碗花米茶，憨子端起来说："一塘好鱼娃，就缺网来打。"有人在他的碗上放了一支筷子，憨子说："双桥好过，独木难行。"憨子的表现让大家惊呆了，老丈人见憨子不憨，就把女儿嫁给了他[1]。

现实中的婚姻注定有不少波折和难题，但是憨子的姻缘却充满了巧合和好运。这些妙趣横生的故事让我们在平淡的生活中体会诗意，在繁杂的事务里寻找欢笑，在复杂的问题面前感受简单的快乐。

八、三女婿拜寿

三女婿拜寿（山东汉族）

从前，在东庄有一家姓李的地主，家里有三个女儿。老大和老二从小就好吃懒做，只有老三勤快、手巧，长得也比两个姐姐俊。渐渐地，姊妹三个都长

1《憨子学见识》，选自《湖北民间故事传说集》（十堰市），第143-144页，中国民间文艺研究会湖北分会编1981年。

大成人了，便有许多媒人来上门提亲。结果老大许给了西庄的张秀才，老二许给了南庄的王武举，只有老三还没找着合适的人家。这一天晚饭后，一家人在院子里乘凉，姓李的老地主又提起了老大老二的亲事，一个劲地夸老大老二的命好，结了这么两门好亲事，将来有享不尽的荣华富贵，末了还感叹地说："这真是万般皆由命，半点不由人啊！"老三本来就看不惯大姐二姐那种好吃懒做的样子，对父亲的偏心眼也非常不满，这次听父亲又这样说，就忍不住顶了他一句，"我看是由人不由命。"不料一句话把老地主给惹火了。本来他对老三也很看不惯，觉得她老是爱顶撞自己，有个贱脾气，这次又打了他的兴头，更是气上加气，说："死丫头，我明天就给你找个庄稼女婿，我叫你由人不由命。"老三不服气，就顶了句"随你的便"，一家人不欢而散。

第二天老地主气还不消，就叫狗腿子把媒婆子叫来，让她给老三找个种庄稼的女婿。结果把老三许给了北庄一个姓赵的庄稼人。

转眼三年过去了，姊妹三个都结了婚。这时候大女婿中了文状元，二女婿中了武状元，只有三女婿还是个庄稼人。小两口虽然生活苦点，却是你敬我爱，男耕女织，小日子过得挺和睦。

这一年是老丈人六十大寿，三个女婿都张罗着给老丈人拜寿。老三家穷，就凑了点寿礼，又在邻居家借了头毛驴骑着，来给老丈人拜寿。

这一天老地主知道三个女婿要给

自己来拜寿，起了个大早，换上新衣服。大女婿先到，坐着八抬大轿，前呼后拥的十分威风，老地主非常高兴，亲亲热热地把他让到了上房客厅喝茶。一会二女婿也来了，骑着高头大马，挎着宝剑。老地主一看也很高兴，也把他让到了上客房厅。老三家骑着毛驴最后一个来到，老地主本来就瞧不起三女婿，这次又见他骑着个毛驴，觉得丢了自己的人，有心不叫他进门吧，又怕邻居说闲话，再说狗不咬送礼的，就板着个脸，叫他到院子里的大树底下去喝水。

过了一会儿，酒席摆好了，三个女婿都入了座。老地主看看大女婿二女婿，越看越高兴，再看看三女婿，越看越生气。就生了个鬼点子，想把三女婿轰出去，说："咱这样喝闷酒没意思，今天咱们变个花样，你三个人一人作一首诗，谁作出来谁喝酒，谁不会作就叫他端盘子提壶。"大女婿二女婿一听都极力赞成，他们一方面想趁机显显自己的才学，另一方面想出出三女婿的丑。就催着老丈人快出题。三女婿一听，知道老丈人没安好心，只好"骑驴看唱本——走着瞧"。

老丈人一看没人反对，就说："咱作诗都以自己家里有的东西为题：先说天上飞的，再说地上走的，三说屋里放的，四说厨房里使唤的。"

大女婿一听，觉得正对自己的劲，想了想，就站起来摇头摆尾地说道："天上飞的是鸳鸯，地上走的是绵羊，屋里放的是文章，厨房里使唤的是秋香。"说完就得意地坐下了。

老丈人一听很高兴，连声说好，向他敬了一杯酒。

二女婿也赶紧站起来说道："天上飞的是斑鸠，地上走的是牯牛，屋里放的是春秋，厨房里使唤的是丫头。"说完也得意地坐下。

老丈人一听也很高兴，又敬了他一杯酒。

三女婿一听，作诗原来是这么回事，想了一想，拿定了主意，就站起来说道："天上飞的是鸟枪，地上走的是棍棒，屋里放的是火炉，厨房里使唤的是儿郎。"说完也坐下了。大女婿一听，撇了撇嘴说："你这叫什么诗？那鸟枪能飞吗？"老丈人和二女婿也认为难住了三女婿，都随声附和。三女婿不慌不忙地答道："鸟枪不能飞，可是一放枪，鸟枪里的砂子会飞。"大女婿没话可说了。

二女婿一看大女婿没难住三女婿，

就问道："就算鸟枪里的砂子会飞，可那棍棒没腿能走吗？"三女婿又不慌不忙地答道："棍棒没腿，可是人拿着棍棒不就会走了吗？"二女婿又没话可说了。

老丈人一看大女婿二女婿都没难住三女婿，就问道："就算你说的有道理，可是你的诗有讲究吗？"大女婿二女婿觉得这次可把他难住了，就凭他个土包子还能讲出个所以然吗？便齐声说："是啊，作诗得有讲究，你要讲不出道理来，就得端盘子提壶。"

谁知三女婿还是不慌不忙地站起来，用手一指他们两个说道："天上飞的是鸟枪，打你的斑鸠和鸳鸯；地上走的是棍棒，打你的牡牛和绵羊；屋里放的是火炉，烧你的春秋和文章；厨房里使唤的是儿郎，配你的丫头和秋香。"

三人被说得目瞪口呆。[1]

前文以《借布机》为例，给大家介绍了呆女婿的故事。故事主人公生性愚笨，呆傻成趣。还有一类呆女婿并不是一味呆傻，而是因为社会地位低下而被人瞧不起，尤其是被势利的丈人和地位较高的连襟捉弄，然而，他却巧妙地给予还击，代表性的故事是"三女婿拜寿"。

给长辈拜寿祝寿是一项具有中国文化特色的民俗活动。长辈寿辰，家人当然要置办宴席，众人欢聚一堂。故事正是在这样的背景下展开，三个不同身份地位的女婿都来拜寿，在欢乐的气氛中且看他们如何相互较量，彼此逗趣。大女婿是文状元，二女婿是武状元，三女婿是庄稼汉，故事将三个女婿作这样的对比，旨在通过戏剧化的方式呈现出喜剧性的效果。丈人想要奚落三女婿，让他当众出丑，提出吟诗作对的要求，实际上是民间常见的说四句子。这种通俗易懂、雅俗皆宜的语言形式为情节发展提供了很好的氛围，也对人物形象的塑造起到了重要作用。大女婿和二女婿的回答都是在为三女婿的表现做铺垫，三女婿以灵活机智的应对回敬了冒犯者，让自作矜态的状元们威风扫地，他以一种喜剧性的形象推动故事走向高潮。

与有些呆女婿误打误撞不同，这个穷女婿虽然不通四书五经，但却深谙

1《三女婿上寿》，张登文、韩笑天搜集整理，选自《山东民间文学资料汇编》1982年编印。

民情事理。有一则流传于甘肃的《三女婿对诗》同样反映了"高贵者"愚钝与"卑微者"聪颖的主题。故事讲述老财主有三个女婿，大女婿文官，二女婿武官，三女婿庄稼汉。一天老财主过寿，大女婿和二女婿认为与三女婿一起吃饭，有失身份，就合计在酒席上用对诗来戏弄他。对诗的条件是分别用上"本是一家""多两个翅""是也不是"。大女婿说："龙和鱼本是一家，鱼比龙多两个翅，人都说龙是鱼变的，不知是也不是？"二女婿说："老鼠和蝙蝠本是一家，蝙蝠比老鼠多两个翅，人都说蝙蝠是老鼠变的，不知是也不是？"对完后，大女婿、二女婿相互吹捧。三女婿说："咱三人拜寿本是一家，我比二位姐夫多两个翅（戴的帽子），人都说你俩是我养的，你说是也不是？"气得文武二官拍桌大怒："胡说，你敢骂人，谁是你养的？"三女婿说："请问哪个文臣武将，不吃我们庄稼人的粮，不靠庄稼人养活？"从此，他俩再也不敢戏弄三女婿了[1]。

故事中的穷女婿运用乡土知识、率真的智慧和犀利的语言给社会上层人物和嫌贫爱富者以有力的抨击，颠覆和瓦解了正统观念中的高低贵贱之分。三女婿的胜利是底层人民对社会上层的胜利，是弱势群体对强势权威的胜利，是乡土文化对精英文化的胜利。广大民众正是在笑声中实现对社会等级制度的嘲讽和愉悦，流露出对"三女婿拜寿"故事的深切喜爱。

1《三女婿对诗》，见《中国民间故事集成·甘肃卷》，第746-747页，中国 ISBN 中心 2001 年版。

第五章
幻想故事赏析

在民间故事里，最富有艺术魅力，格外引人入胜的一类故事，就是我们所说的幻想故事，或称民间童话。我国古代没有"童话"这个名称，它是20世纪初从日本直译过来的。"五四"新文化运动中，文化界出于对儿童教育的关注，译述外国童话蔚成风气。中国民间文艺研究会主办的《民间文学》杂志于1955年4月创刊时，以民间童话作为故事的一类，同时在翻译外国、主要是苏联的民间文艺学论著时，也采用童话的译名，于是民间童话成为人们习用的一个故事类目的名称了。直到20世纪80年代，中国民间故事集成总编委会为了统一故事分类名目，才决定将这类故事定名为"幻想故事"。考虑到中国民间文艺学构成的历史特点，本书有时也将"幻想故事"和"民间童话"作为同义语来使用，所指称的实为同一对象。

　　中国各族人民口头上，流传着数量丰富而又无比优美的童话故事。"和印度一样，中国也是民间故事的一个大宝库。""那些觉得中国上层阶级的正统文学有时似乎有些单调贫乏的西方读者，我想会觉得中国民间故事清新可喜。中国民间故事传统的多彩多姿，丰富新颖，驳斥了说中国人民不富想象力的看法。"[1]中国幻想故事的数量，在狭义民间故事的范围内，估计占一半左右，丁乃通先生的《中国民间故事类型索引》，收录故事近7500篇，幻想故事约占3000篇。就其型式而言，也许只有整个故事类型的四分之一，但它异文甚多，通常同一故事可以找到几十篇异文，有些甚至可找到一两百篇异文。这样，它的数量就显得非常丰富了。其中最有代表性的作品,大体有上百个类型。钟敬文先生于20世纪30年代撰写了一个《中国民谭型式》，归纳出最流行的45个民间故事型式，有一半是幻想故事[2]。刘守华在《民间童话的特征和魅力》一文中，仿"四大传说"之说，列出了10个最有代表性的幻想故事类型，它们是：《求好运》《田螺姑娘》《灰姑娘》《蛇郎》《青蛙少年》《兄弟分家》《两伙计出门》《狼外婆》《十兄弟对敌》《小鸡崽报仇》[3]。它们都是经过劳动人民集体智慧千锤百炼的艺术精品，不但在中国，而且在世界范围内得到了广泛流传。

一、感恩的动物忘恩的人

渔夫与皇帝（广西壮族）

从前，在桂西壮族地区，有一个年约四十岁的渔夫，正在外出打鱼。一天，发生大洪水，他的家乡被淹没。他迅速返回，以抢救家人。

他回来后，见到他家的房子已被洪水冲倒，就到周围的高地去寻找家人，但找不见，又划船到露出水面的大树去寻找，也找不见。这说明他家的人已被洪水冲走了。他内心非常悲痛。

因为房子倒了，没有地方住，他只好回到船上住，以捕鱼充饥。

下午，突然听到"救命啊！救命啊！"的叫声，渔夫走到船头一看，是一只喜鹊喊的。它们站在连根倒下的树杆上，旁边有它们的窝，被洪水冲来。

失去了亲人而感到十分痛苦和寂寞的渔夫，产生了同情心，连窝把喜鹊救了上来。啊！它的窝里还有几个鹊蛋呢！喜鹊得救后，一再对渔夫说："谢谢你！谢谢你！"

---

1 [美]丁乃通：《中国民间故事类型索引·导言》，中国民间文艺出版社1986年版，第25页。
2 钟敬文：《中国民谭型式》，《开展月刊》，1931年第10、11期合刊。
3 刘守华：《民间童话的特征和魅力》，《民间文学》1983年第6期。

渔夫与皇帝

北京少年儿童出版社

一会儿，渔夫又听到"救命啊！救命啊！"的喊声。他又走到船头去看，见到两只猴子坐在一株连根被冲下来的树杆上。

渔夫同情它们，又把它们救上船。

那株树尾还有一蚂蚁窝，蚂蚁密密麻麻地爬在蚁窝的上面，紧张地向渔夫点头，似乎对他说："请救救我们，不然我们就死亡了。"有同情心的渔夫，连窝把蚂蚁救上船来。蚂蚁又纷纷向他点头，表示感谢。

傍晚，渔夫又听见有人喊救命，渔夫走到船头一看，见有一个人坐在一块木板上，被洪水冲下来，渔夫马上把船划过去，救他上船。那人穿着一件金光闪闪的衣服，对渔夫作自我介绍说："我是皇帝，不幸被洪水冲来。"渔夫请他到船舱里坐。

当晚，渔夫用鱼招待他（它）们。皇帝见到猴子、喜鹊和他同桌，蚂蚁也在桌下地上穿来穿去，啃食鱼骨头剩下的鱼肉，就责备渔夫不尊重他，命令渔夫把它们丢下河去。渔夫跪下来对皇帝说："它们都是生灵，不能把它们丢下河去送死。"皇帝对渔夫不愿执行他的圣旨，很有意见，耿耿于怀。

三天以后，洪水退了。猴子、喜鹊、蚂蚁分别拜别渔夫，回去了。渔夫也护送皇帝到当地官员的家，请他护送皇帝回京城。

过了两天，皇帝出告示，说这次洪灾，他的金印失踪，谁找回来归还他，就封他为大官，并予以厚奖。

渔夫听到这个消息，晚上做了一个梦。梦中有人告诉他：皇帝的金印被水冲到京城南门的城墙脚下，被一层薄薄的泥沙掩埋着。

天亮后，渔夫进京城去找，真的在南门城墙脚下找到金印。渔夫把金印送去给皇帝。

皇帝见他是前几天救了他的命但不执行他圣旨的渔夫，觉得这正是惩罚他的好机会。于是，把封官授奖的事忘了，说："你为什么把我的金印偷去？"接着，命令卫士们把他抓去坐牢，还交代看守牢房的官兵不准任何人送饭给渔夫吃，让他饿死。渔夫说明自己没有偷金印，并苦苦哀求放他回家，皇帝都不理他。

三天后，喜鹊首先知道渔夫被关，并不得吃饭的消息。它马上去找猴子和蚂蚁商量怎样去抢救渔夫的问题。

次日，两只猴子从山上摘了很多水果带到京城，从屋檐爬进牢房；几只喜鹊从皇帝的厨房各衔了一大块猪肉、牛肉、鸡肉、鸭肉，从窗口飞进牢房；一大群蚂蚁从皇帝的厨房各扛了一些米饭，从墙缝运进牢房。它们一起扶着多天不得吃饭、变得有气无力的渔夫，慢慢地给他吃饭、吃肉、吃水果。渔夫吃饱后，向它们表示感谢。

以后，猴子、喜鹊、蚂蚁天天给渔夫送饭、送肉、送水果吃。一个星期后，牢房的几个卫士打开牢房门，打算抬渔夫的尸体去埋，见到渔夫不仅没有饿死，反而满面红光，精神抖擞。他们急忙去向皇帝报告。皇帝说："他饿了一个星期还不死，再给他饿三个星期肯定会死。一定要严密看守，不准任何人给他送饭！"这样，渔夫又被关了三个星期，共二十一天。

到第二十二天，几个卫士又来打开牢房门，准备抬渔夫的尸体去埋。但见渔夫仍然未死，脸色比前次更好，更肥胖。他们把这种情况急忙向皇帝报告。

皇帝觉得很奇怪，就亲自到牢房来看个究竟。他看见渔夫真的没死，而且满面红光。就问渔夫："你近一个月没有吃饭了，为什么还不死？"

渔夫回答说："我的肚子是仙肚，不吃东西也不饿，可以长生不老！"

"你的仙肚是从哪里得来的？可以换给我吗？"皇帝向渔夫问道。

"我的仙肚是海龙王给的，他还

帮我安进我的肚子里。你想要仙肚，也要请海龙王帮你把仙肚安进你的肚子才行，因为我不会安装仙肚，所以，我的仙肚不能给你，给了你也没有用。"渔夫回答了皇帝提出的两个问题。

"那你可以带我去找海龙王吗？"皇帝又问。

"当然可以！但你要答应我三个条件。"渔夫干脆的回答。

"莫说三个条件，一百个条件我都可以答应。你说的三个条件是什么？"

"第一，只准你和我两人去，不得带任何官兵去。因为带官兵去，海龙王以为我们去进攻他，他就出兵来攻打我们，那我们就完了。"

"这个条件完全可以做到。"

"第二，要找个大水缸和一个大皮鼓来作渡海用具。因为海龙王不喜欢人们坐船去找他，所以我们必须用水缸和皮鼓来做渡海工具。水缸较厚，较稳重，不怕海浪拍打，不易破裂。你是皇帝，是贵人，就坐水缸。我是小人，就坐皮鼓。"

"这一条，我完全可以做到。"

"第三，要带一些金银珠宝去送给海龙王，让他更认真地帮你安装好仙肚。"

"这一条，我更加容易做到。"

"这三个条件你都能够做到。那我就带你去了。"

皇帝听后很高兴。立即命令官员去找大水缸和大皮鼓来。并叫他的老婆准备金银珠宝等珍贵的礼品，给他带去送给海龙王，还准备一些高级的食品，给他带去路上吃。

第二天上午，皇帝在皇宫大批官员和他的家属的欢送下，带着一大包金银珠宝作为礼品和一大包高级食品，坐进大水缸，渔夫坐在大皮鼓中，向大海进发了。

下午，他们到了海上。这时，刮起大风，掀起大浪，渔夫指着滚滚而来的大浪说："你看，这是海龙王来迎接我们了，我们快打鼓击缸迎接他吧！"说完，他用力扣鼓，皇帝跟着用力击缸。才击几下，水缸破裂了，皇帝沉入海底，他带来的那包礼品和那包高级食品，成了他的陪葬品。而渔夫乘坐大皮鼓返回家乡，重建家园。[1]

---

1 《渔夫与皇帝》，见黎淋编：《壮族故事荟萃》，第1—5页，香港天马出版有限公司2005年版。

这是一篇民间文学工作者在广西壮族自治区采录的故事。丁乃通先生在《中国民间故事类型索引》中，将它列为 AT160 型"感恩的动物忘恩的人"。我国著名作家老舍曾于 20 世纪 60 年代将这个神奇的民间故事进行改编，创作了一部优美的童话剧《宝船》。剧中将好心人在洪水中救助动物，动物均能感恩图报，同被救的人反而恩将仇报进行对比，以爱憎鲜明和故事曲折震撼人心，深得少年儿童的喜爱。

　　"动物报恩"表现了在古朴的自然生态环境中人与周围动物互相依存、和谐共处的亲密关系。这个被中国民众喜闻乐见的故事，源于佛教中的"佛本生故事"，即关于释迦牟尼如来佛前生的故事。据说佛祖经历过许多次轮回转生，因而佛本生故事中的正面主人公，不论是国王、商人，还是某种动植物，都是佛祖的化身。它们大都由民间故事演绎而来，正如季羡林先生在《佛本生故事选·代序》中所说："这些故事绝大部分是寓言、童话等等的小故事，是古代印度人民创造的，长期流行在民间。这些故事生动活泼，寓意深远，家喻户晓，深入人心。""绝大部分故事都与佛教毫不相干，有的甚至尘俗十足。但是，佛教徒却不管这些，他们把现成的故事拿过来，只需按照固定的形式，把故事中的一个人、一个神仙或一个动物指定为菩萨，一篇本生故事就算是制造成了。"[1] 印度古代民间故事集《五卷书》中《老虎、猴子、蛇、和人》，就是 AT160 型故事较早的形态，它借几个动物之口道出："人这玩意儿，总是万恶的集中地。"痛斥邪恶人性的主旨十分鲜明突出。

　　本文选录的《渔夫与皇帝》语言优美，结构精巧，堪称这类故事的典型代表。故事把主要人物的身份设置进行了鲜明的对比，把两大阶级的斗争集中映射在一个小小的渔夫与高高在上的皇帝身上。渔夫虽然弱小，但是有了喜鹊、猴子和蚂蚁的帮助，也能战胜飞扬跋扈的皇帝。水能载舟，亦能覆舟。人民群众的力量是伟大的，只要团结起来，集众人的智慧和力量，就能推翻忘恩负义的统治者。

　　故事的结局设计亦十分诙谐有趣。吃一堑长一智，在对皇帝俯首称臣、尽

---

1 季羡林：《佛本生故事选·代序》，见郭良鋆等译：《佛本生故事选》第 1—2 页，人民文学出版社 2001 年版。

心服侍却仍遭受不公待遇之后，渔夫终于清醒了。他运用自己的智慧，精心设计了一条妙计，让忘恩负义的皇帝葬身鱼腹。皇帝击缸而沉海的憨态跃然纸上，让听众在捧腹大笑的同时觉得大快人心。扣鼓与击缸是南方少数民族的风俗，故事把民俗事项与幽默叙事结合，展现了故事讲述家的幽默与智慧。

"感恩的动物忘恩的人"故事具有一两千年悠久的历史，它不仅呼唤人与人之间彼此关爱，同舟共济，还特别培养读者尤其是孩子们，对动物世界友好亲切的感情。"民间故事从来不把动物世界和人类世界完全分离开来或对立起来。人与动物亲密和谐共处的思想，虽然是在人类早期的特殊历史条件下形成的，今天在地球村的自然生态遭到严重破坏的情况下，这类故事中所蕴含的慈爱动物的人文精神，就显得更加难能可贵了。"[1]

二、求好运

范丹问佛（汉族）

从前有个名叫范丹的人，耕田种地，十分勤恳；为人又忠厚老实，处处为别人打算，因此人们都很喜欢他。可是他终年劳累，却连两餐粥水也吃不上，更说不上讨妻子了。到底是什么原因呢？算命先生说他"八字"不好，命里注定一世穷。人们都替他鸣不平，他自己也想不明白。有一次，他决心到西天去问问佛爷，是不是命里注定一世穷？

他打定了主意，便果真上路向西天而去。背上挂着一个包袱，脚下穿上厚厚的草鞋，走啊走啊，范丹爬过了千重山，渡过了千条河，走了七七四十九天。这一天，来到一个庄园边，园内出来一个财主，见了范丹便问道："你一个外乡人，要到哪里去？"范丹告诉他："要去西天问佛爷，我一生勤劳忠厚，为什么总是这样穷？"财主听说范丹要

---

1 刘守华主编：《中国民间故事类型研究》，华中师范大学出版社，2002年，第170页。

去西天问佛爷，便说道：

"请你代问佛爷一件事，可不可以？"

"什么事？"

"我有棵桃树开花不结子，有棵李树结子不开花，究竟是什么原因？"

范丹满口应承道："可以，我代你问问吧！"

说完他又继续向西行。背包越来越重，草鞋越来越薄了，走啊走啊，范丹爬过千重山，渡过千条河，又走了七七四十九天。这一天，来到一个山村，遇见一个白发老人。老人见他走得这样匆忙，便问道："请问远方的客人，你要到什么地方去呢？背着这么大个包袱，走得这样匆忙？"范丹告诉他："要去西天问佛爷，我一生勤劳忠厚，为什么总是这样穷？"老人听说范丹要去西天问佛爷，说道：

"我有一件事请你代我问问佛爷，可不可以？"

"什么事？"

"我有一个女儿，今年十八岁了，还不会说话，究竟是什么原因？"

"好，我就代你问问佛爷吧！"

老人请范丹喝过茶，范丹背上包袱，继续向西走去。背包沉重了，草鞋快要磨穿了。走啊走啊，他又爬过了千重山，渡过了千条河，走了七七四十九天。这一天，走到了渺渺茫茫的西海边，海上波浪滔天，没有船只，四顾也无人烟，怎样才能渡过这个大海呢？范丹不禁焦急起来。这时，忽听得一声水响，大海中钻出一只大乌龟来，那乌龟慢慢游近岸边，两眼望着范丹，开口问道："你为什么这样焦急、难过呢？"

"我要到西天去找佛爷，但是我过不得这个大海。"

"为什么要去西天找佛爷？"

"我要问问佛爷，我一生勤劳忠厚，为什么总是这样穷？"

"你要是能代我问佛爷一件事，我便载你过去。"

"只要你载我过去，我一定替你问。"

"那么，你就骑在我的背上，让我把你载过去。"

范丹骑在乌龟背上，安稳地过了波浪汹涌的大海。上岸之后，范丹问大乌龟要他问什么事。大乌龟说："我修炼了一百零八年，为什么还不能升天？"范丹说："好，我一定代你问问佛爷。"

范丹别了大乌龟，再往前走，只见山清水秀，寺庙林立，还有不少奇异的花草禽兽。他终于在最大的一座宫殿里找到了佛爷。范丹走上大殿，见佛爷端坐在堂上，便赶忙施过礼，跪在一旁。佛爷开口问道："范丹，你从老远到这里来，走了许多路，吃了许多苦，费了许多日子，想必有什么要事吧？"

"是呀！这是因为我要问你几件事情。"

佛爷说道："好，你有什么事情只管问我。不过我有一个规矩：第一，只能问三件事；第二，问自己的就不能问别人的，问别人的就不能问自己的。"

范丹叹了一口气，心想：既然佛爷吩咐只准问三件事，问了自己的就不能问别人的，自己只有一件事，那么，就先问别人的三件事，自己的事留到下次再来问好了。于是范丹开口说道："我就问你三件别人托我问的事吧：头一件，为什么桃树只开花不结子，李树只结子不开花？第二件，为什么有个女儿长到十八岁还不开口说话？第三件，为什么修炼了一百零八年的大乌龟还不能升天？"

佛爷答道："头一件，桃树只开花不结子，这是因为树根底下有一缸银子，把它挖了出来，桃树就会结子了；李树只结子不开花，这是因为树

根底下有一缸金子，把它挖了去，李树就开花了。第二件，女儿长到十八岁还不会开口说话，这是因为她没有遇到亲夫；如果见到，她就会说话了。第三件，修炼了一百零八年的大乌龟，口里含有两粒珍珠，吐出了一粒，它就能上天了。"佛爷说完，便合上了眼睛，范丹只好站起来，施过礼，便往回家的路上走。

范丹回到海边的时候，那只大乌龟早浮到水面等他了。

"你问过了佛爷吗？我为什么修炼了一百零八年还不能升天？"

"佛爷说，你嘴里含有两粒珍珠，只要吐出一粒，就可以升天了。"

"好，谢谢你，你快骑在我的背上，让我渡你过海吧！"

范丹骑在乌龟背上，又平稳地渡过了那片汪洋大海。为了感谢范丹的功劳，乌龟便把它吐出的那粒光闪闪的宝珠送给范丹，它自己也就腾云驾雾上天去了。

范丹吞了那粒宝珠，顿时变得年轻起来，气力也增长了百倍，便继续赶路回家。转眼间走到那个山村，那个长到十八岁还不会说话的女儿，正站在大门口，她一见范丹走来，便连忙跑回去

告诉她的爸爸说："爸爸，爸爸，范丹来了。"

那白发老人见女儿突然说话，真是说不出的惊奇，便出门迎着范丹问道："你好啊，我的客人，我托你问的事情，佛爷如何回答？"

"他说，你家姑娘一见亲夫就说话。"

"那么，真是感谢你，我的女儿见到你来，已经开口说话了，你就是他的亲夫，我的好女婿啊！"

佛爷是这样讲的，范丹也不好推辞，他很高兴地答应了。当晚便成了亲，一家人都很快乐。

第二天，范丹带着他的妻子又继续赶路回家，路过那个庄园，找到那个财主，便对他说："我已经替你问过佛爷了，他说，桃树根底下有缸银子，李树根底下有缸金子，把它们挖了去，桃树就会结子，李树也会开花了。"

贪心的财主听说桃李树下有金银，怕范丹要和他对分，茶也没请范丹喝一杯，就赶忙送走范丹夫妻。

范丹和他的妻子高高兴兴回到家里，夫妻恩爱，快乐非常。那个贪心的财主连夜叫一些心腹家人点起灯笼到桃李树下挖金银，果然挖出两只大缸来。财主欢天喜地，亲自揭开一看，吓得魂飞魄散。原来一缸是青竹蛇，一缸是乌督蜂，哪有金银的影子呢！财主惊恐过后，不禁大怒，认为范丹故意捉弄自己，便决心报复，要让青竹蛇咬死范丹、乌督蜂螫死范丹，以泄愤恨。就吩咐家人连夜抬了两缸青竹蛇和乌督蜂到范丹家里，偷偷爬上屋顶，揭开瓦背，倒将下去。

第二天，财主亲自前去打探消息。说也奇怪，范丹夫妻不但没有死，而且比以前更加快活。村里的人正在纷纷传说："范丹一世勤劳忠厚，处处为别人打算，感动了佛爷，昨晚从天降下两缸金银给他。"原来青竹蛇和乌督蜂倒入范丹家后都变成了金子银子。财主又羞又怒，回到家里，气得病倒了。

范丹两口子把金子银子周济了穷苦人家，夫妻两人还是那么勤勤恳恳地劳动，对人还是那么忠厚老实，从此日子越过越好，越过越快活。[1]

范丹本为东汉人，桓帝时辞官不就，安于贫困，后被丐帮尊为"范丹

---

1 卢正佳、缪力主编：《中国民间故事精品库：幻想故事卷》，第1—5页，中国文联出版社1999年版。

老祖"。本篇中的范丹并非历史人物，而是乡野中极为贫苦的小伙子的象征形象。他出门见佛祖本来是为自己找好运，却以先人后己的精神代别人问事，帮他人解脱危难，结果却是在他人给予的酬报中正好圆了自己的美梦。这是一个具有浓厚幻想色彩的故事，却又十分贴近社会下层民众的生活与心理。热心助人获好报这一闪光思想在三问三答、意外得福的美妙叙说中得到了生动有力的体现。

故事表现了主人公积极进取，奋力向命运抗争的精神。我国的民间故事常以处于社会最底层的穷苦劳动者为主人公，他们的绰号就叫"穷八代""穷九代"或"穷十代"，终年辛劳，受穷受苦，遭人歧视，填不饱肚子，娶不起媳妇，便下决心出门去问根由，找好运，故事的基本构思是同在中国社会中占支配地位的"死生由命，富贵在天"的流行观念相对立的。我国好几个省区流行的这类故事都意味深长地围绕"命中注定八合米，走遍天下不满升"这句俗谚展开叙述，讲主人公再勤扒苦做，家里也存不满一升米，后捉住偷米吃的耗子，耗子说他命中注定只有八合米，一辈子只能受穷，小伙子愤恨不平，便

决心走出去，经过一番努力，终于改变了自己的贫困命运，"原来八合米不是命中注定，走遍天下是可以满升的"。有些这类故事也都是以富贵人家瞧不起穷小伙子来开头，员外家借故刁难，要他找寻在人世间根本无法找到的几样东西，如太阳姑娘头上的金头发来作聘礼，哪知穷小伙子不服气，"我可偏偏要到西天去走一遍，拿三根金头发回来给她看看！"故事中向命运挑战的思想十分鲜明。

虽然主人公出门是寻找命运之神，而且染上了各地的宗教信仰色彩，但故事既没有向这些神乞求恩赐，也没有让主人公皈依宗教以求解脱，不论佛祖也好，其他神仙也好，他们所扮演的其实都是解答难题的"智慧老人"的角色，主人公在他们的启示下，找到了治病的奇方和开发自然界财宝的奥秘（让枯井出水，水中鱼鳖吐珍珠，找到治病的灵丹妙药或从果树脚下掘出金银等），并以此来帮助别人，获得好报。这样，主人公找好运的行动便有了积极进取的意义。

这类故事还着力赞扬"与人方便，自己方便""但行好事，莫问前程"的美好品德，表现出它浓厚的道德伦理色

彩。主人公在找好运的旅途中都热心接受别人的委托，在只能"问一不问二，问三不问四"的情况下，他先人后己，毫不犹豫地把别人托付的事放在前头，因而得到了好报。到远方的广大世界里去寻求好运，不是靠损害他人而是在帮助他人的过程中来求得自己的幸福，故事所传播的这一人类良知与美德至今仍闪耀着夺目的光彩。"总之，对人生抱着乐观进取的态度，相信依靠自己的勇敢追求可以改变命运，热心帮助他人，自己才能在众人的帮助下获得幸福，是该故事为广大群众所喜闻乐见的原因所在。"[1]

"求好运"故事很早就受到国际学人的重视，《格林童话》中《有三根金头发的鬼》就是其中脍炙人口的经典之作。钟敬文先生于1931年撰写的《中国民谭型式》中将其命名为"问活佛"。丁乃通先生于1976年出版的《中国民间故事类型索引》中将它编定为461型，收录异文50例。刘守华先生对这一故事类型进行了30多年的追踪探寻，进一步搜求上世纪80年代以来各地所得新资料210余篇，认为它是一个覆盖了神州大地的巨大故事圈，汇合了不同时代、不同民族的丰富智慧和情感，集中表现了人类在历史长河中由屈从命运到逐步主宰自己命运的心路历程，具有史诗般的魅力与价值[2]。

三、蛇郎

蛇郎（侗族）

传说在古代时候，离各湳不远的正成侗寨，住着一户姓庄的务农人家。庄家老爹有三个女儿，都已长大成人。

老爹每天起早摸黑做活路。山洪暴发，三个粗大的石岩滚进老爹的田里。老爹要把石岩掀出田，掀来掀去，累得要死，就是搬不动。自言自语道："哪家后生崽能帮忙搬走石岩，我的三个女儿由他选娶啊！"

突然，从深山竹林里爬出一条"青竹标"[3]对着老爹说话道："老人家不用愁，我来跟你搬石头。"老爹望着青

---

1 刘守华：《一组民间童话的比较研究》，载《民间文学》1979年第9期，转载《新华月报·文摘版》1979年第11期。

2 刘守华：《一个蕴含史诗魅力的中国民间故事——"求好运"故事解析》，载《光明日报·国学版》2012年2月27日。

3 原文注：青竹标，即青蛇。

竹标默想:"你身小力弱怎能搬石岩?"

"你把棕绳套住石岩捆扎在我的尾巴上试一试吧。"青竹标说。

老爹真把棕绳绑扎在青竹标的尾巴上。只见青竹标摇头甩尾,像驴子拉车一样,不费一阵工夫,就把三个石岩搬出田了。老爹很器重青竹标。

这天,太阳刚出山,三个女儿正在晒楼梳头,青竹标托媒来问亲。一只身材轻巧的小蜜蜂绕着大姐团转飞:

"嗡嗡嗡,蛇郎托我做媒公,问你肯不肯?牛托胭脂马托粉。"

生性懒惰心贪的大姐,吐着口水打了蜜蜂一巴掌,骂道:"呸!野性贱物娶媳妇,亏你不知羞。"

小蜜蜂抖动翅膀飞到二姐身旁:

"嗡嗡嗡,蛇郎托我做媒公,问你肯不肯?牛托胭脂马托粉。"

二姐漫不经心地抬头望了蜜蜂一眼,摇了摇头,便又勾着头梳头发,不理小蜜蜂。

小蜜蜂又飞到三姐身旁:

"嗡嗡嗡,蛇郎托我做媒公,问你肯不肯?牛托胭脂马托粉。"

忠厚老实的三姐望着小蜜蜂默想:"听老爹讲青竹标帮忙搬开田里的大石头,难为他一片心。"于是点着头道了

一声"肯!"

小蜜蜂高兴地绕着三姐飞了三转,飞出阳台,飞出树林,飞向远方,跟蛇郎回话去了。

三天过后,蛇郎上门迎亲。三姐收拾衣裳包袱,辞别姐姐和老爹跟蛇郎上路。老爹端着一升油菜籽送三姐:"你沿路撒菜籽,来年转屋探亲,好寻着菜花引路回乡啊!"

三姐伴着蛇郎翻坡越岭,涉水过桥,走呵走呵,不觉来到巴恩石桥边。蛇郎恭恭敬敬地说话道:"三姐请歇坐,我下桥解手就回来。"

蛇郎下桥不到一杆叶烟工夫,一个英俊的后生走到三姐跟前笑言道:

"三姐上路哟!"

三姐生疑回话道：

"你是谁家轻狂崽，行为不正派，等我蛇郎来，定不饶恕你！"

后生笑说道："三姐莫误会，我就是你的蛇郎呐！"

三姐生气说："你不是我的蛇郎，休要冒名来耍骗！"

蛇郎只好复回桥下，穿上蛇衣复了原身，伴着三姐上路。走呵走呵，一天，来到了茫无边际的大海边。蛇郎吩咐三姐等着他去寻船来。一会工夫，从远处划来一只木船，划船的人又是石桥相遇的后生。后生对三姐说话道："三姐快上船，路程不远就拢家啦！"

三姐疑问道："你是谁家没管教的浪荡崽？敢来冒充我的蛇郎哥。"

蛇郎从衣袋取出蛇皮给三姐看了，三姐才相信。蛇郎划着木船带着三姐漂海赶路。蛇郎一边和三姐说说笑笑，一边嘱咐道："你去回家里，亲戚百客来看望，莫要嫌弃它们啊……"说着说着，不觉来到了一处地方，屋亭楼阁广通明透亮，仙花异草，发出芬香。这里是龙王三太子的住处水晶宫。龙王三太子正是三姐出嫁的蛇郎。霎时，各色各样的蛇虫龟鳖，蹿进屋来嬉嬉闹闹。突然，

这些虫类却又散得无影无踪了。水晶宫要金有金，要银有银，要哪样有哪样，荣华富贵赛过人间。英俊的蛇郎和贤淑的三姐恩恩爱爱，不久，添了一个娇崽。时光荏苒，转眼到了油菜开花的季节，蛇郎打发三姐回娘家。

大姐听说蛇郎是龙宫英俊貌美的龙王三太子，听说龙宫有享不尽的荣华富贵，心里很后悔。眼珠一转，想出了杀妹谋夫的毒计。这天，突施殷切的大姐，争着跟三姐诓娃崽，又说又笑，邀三姐下河洗衣裳。心肠善良的三姐，不知大姐设圈套，一同下河洗衣裳。一条红鱼在水边游来游去，大姐心中用计，故意捏了娇崽一抓。娇崽被捏得"呜哇"大哭。大姐扯谎道："三妹，你的淘气宝贝要玩红鱼呢！"

三姐撩衣挽袖捉红鱼。三姐越追，红鱼越往深处游。大姐把娇崽放在河岸上，乘三姐不防，猛一推，把三姐推下深塘去了。大姐穿上三姐洗的湿衣裳，冒充三姐，带着娇崽回转到了蛇郎家。大姐周身湿淋淋，对蛇郎撒谎道："路上遇着瓢泼大雨，湿得不剩一根干纱。亲爱的蛇郎，快取衣裳给我换啊！"蛇郎取出三姐的龙宫衣。大姐奇异道："蛇郎心头想哪点，咋个把官家衣袍给我穿

嘞？"蛇郎起疑心：三姐为何自家衣衫认不着？三姐为何长得肥胖难看？

大姐看出了蛇郎的心思，说谎道："我的蛇郎哥，说了你才知道。久不回娘家，爹和姐姐都疼我。从早到晚吃的不是香油茶、甜酒粑，就是腌鱼腊肉，身体发胖了。害得自家丈夫也认不着啰！"说完，咧嘴嘿嘿笑。

有一天，蛇郎外出，一只红尾鸟跟着他身后凄厉地鸣叫："大姐良心坏，黑心把妹害！……"蛇郎越听越觉蹊跷。这些天来，红尾鸟总是跟着他叫。他觉得妻子说话的声音，越来越不像三姐，故意逗趣娇崽说："娇娇崽，娇娇娃，你娘本像大姨妈！"

大姐听了，怄气道："你遭风沙迷糊了眼睛，吹聋了耳朵。我同你共桌吃饭，共床同眠，添子承宗，怎么平白无故说妻子的坏话？"

又一天，大姐刚起床，倚着窗门梳头发。红尾鸟站在窗前的树上气愤地叫道："拿我银梳梳狗头！拿我银梳梳狗头……"

大姐听了气得脖颈炸，对蛇郎说："快把这不吉利的鬼鸟打死吧！它叫得人都烦死了。"

这天中午，大姐上清水河洗衣裳，三姐化身的红尾鸟站在河岩上朝着大姐鸣叫：

"大姐白衣变脏衣，好衣变烂衣，蛇郎的脏衣变白衣，烂衣变好衣……"

大姐抖开衣裳看，果然，大姐的衣裳全都变成了又脏又烂的，蛇郎的衣裳全都变成了又干净又好的衣裳。大姐气登堂[1]，捡起石头追打红尾鸟。红尾鸟在河堤上东飞西飞，大姐追着追着，一个闪失，四脚翻天地摔进了清水河，被汹涌的河水卷走了。红尾鸟复原了三姐原身，跟蛇郎团圆。[2]

这则流传于贵州侗族的民间故事，是被民众口头传诵上千年的优美童话，它的空间分布之大，几乎覆盖了大半个地球。芬兰学者阿尔奈和美国学者汤普森在《民间故事类型索引》中，将它命名为"蛇王子"，列为神奇故事433型。丁乃通先生根据中国的故事材料，为其取名为"蛇郎"。女子嫁给一条蛇，它

---

1 原文注：气登堂，方言，气极了之意。
2 李万增采编：《娘花与太阳的儿子》，第18～22页，贵州人民出版社1987年版。

脱去蛇皮即变形为美男子，富有、神奇而且有情有义，由此生发出饱含人生意趣的纠葛冲突。这个看似荒诞却引人入胜的故事《蛇郎》，也深为中国各族人民所喜爱而传承至今。

《蛇郎》故事的艺术构思特点不在表现蛇郎怎样以他的神奇手段获得人间的美好爱情，而是"以蛇之变形来象征人的境遇变幻，将蛇郎塑造成一个由贫贱走向富贵的男子，在他命运急剧转变的过程中，将姐妹——实际上是两种女性的思想性格进行鲜明对比。心地善良淳朴的妹妹不嫌蛇郎贫贱，终获幸福。开始嫌弃蛇郎的大姐后来又以卑劣手段害死妹妹，企图攫取富贵，落得可耻下场。中国蛇郎故事大都具备妹妹灵魂不灭，连续变形抗争的情节。妹妹不仅有着善良的品格，还有不屈不挠的斗争意志，从而成为一大特点。"[1]

故事中被人们称颂的小妹妹同蛇郎的婚事是由父亲许婚、蜜蜂做媒而实现的，这些描述不用说是经由"父母之命，媒妁之言"而缔结婚姻的旧时婚俗的写照，含有"嫁鸡随鸡，嫁狗随狗，嫁给老蛇坐地守"的思想局限性；同时它又表现出女性对美好婚姻和婚后奇迹的热烈憧憬；尤其是妹妹不屈不挠捍卫自己人生权利的执着表现，更使人们受到深刻有力的感染，它也就成为本类型故事中最能牵动人心的核心情节。

蛇郎故事具有十分精美的艺术形式。它由嫁蛇、遇害、变形和团圆四个情节单元，构成首尾完整、富于波澜曲折的故事情节；而且三个人物分别在不同情节单元里得到展现他们思想性格的活动空间，因而各有其神采。情节发展神奇莫测、出人意料，如蛇提亲，女嫁蛇，蛇变形为人，人死后灵魂不灭，幻化成动植物复仇泄恨，最后起死回生等；可是它在细节上又充满日常生活情趣，活泼动人，如对蜜蜂做媒时唱的："嗡嗡嗡，蛇郎托我做媒公，问你肯不肯？牛托胭脂马托粉。"又如蛇郎发现大姐假扮妻子时故意逗趣娇崽说："娇娇崽，娇娇娃，你娘本像大姨妈！"在用大胆想象构造的艺术空间里，倾注丰富情感与智慧，获得扣人心弦的艺术魅力。

《蛇郎》故事在不同民族、不同地区流传时，又被故事讲述家灵活地渲染上本地特色，显得多姿多彩。如

---

1 刘守华：《蛇郎故事比较研究》，《民间文学论坛》，1987年第3期。

大部分地区以蛇郎为主角，海南黎族却以他们常见的海龟来扮演这一角色。许多故事的开头讲述，老汉想摘取几朵野花送给女儿，结果遇见蛇郎，而在台湾鲁凯人的《蛇郎君》中，野花被限定为百合花，因为在鲁凯人心目中，百合花象征女性的贞洁，戴百合花是贵族才有的特权，因此，让蛇郎用百合花讨亲，便具有了不同寻常的意义[1]。结尾分辨真假妻子的情节，安徽故事是把夫妻两人的头发打开，看能否交缠不脱，这一构想来自汉族结发成亲的传统习俗。广西壮族故事则让两姐妹来跳火堆，它从用"神判"来分辨善恶的古老习俗中吸取而来。这些因地制宜的局部变异，使故事更能适应人们的多种审美情趣，增强了它的艺术活力。

四、十兄弟的故事

水推长城（汉族）

有一个婆姨，养的十个儿：大的顺风耳，二的千里眼，三的有气力，四的钢脑袋，五的铁骨尸，六的长腿，七的大脑袋，八的大脚，九的大嘴，十的大眼。

有一天，弟兄十个锄地去了。老大顺风耳听见有人哭哩，就说："老二，你给咱瞭一下！"老二千里眼一瞭，说："给秦始皇修长城的人饿得哭哩！"老三有力气，说："我去替他们修。"

半前晌走到，半后晌就修起了，秦始皇见这个人气力大，怕他造反，要杀他。他就哭。哭得老大又听见了，

---

1 见金荣华整理：《台湾高屏地区鲁凯族民间故事》，第136页。

说："老二，你再给瞭一下，我又听见有人哭哩。"老二一瞭，说："不好，秦始皇要杀咱老三哩。"老四是钢脑袋，说："我去顶。"

到了那里，秦始皇用几十把钢刀也没把他砍死，要用棍子浑身打哩，吓得老四又哭。老大说："我又听见有人哭哩！"老二一瞭说："哎呀，不好！秦始皇要用棍子浑身打咱老四哩！"老五是铁骨尸，说："我去顶。"

到了那里，秦始皇打断几十根棍子，也没伤了老五一点皮。要往海里扔哩。吓得他又哭。老大又听见了，老二一瞭，说："秦始皇要把咱老五往海里扔哩！"老六是长腿，说："我去顶。"

一去就被秦始皇扔到了海里。水才漫到小腿上，正好捞鱼。他捞下五六十斤鱼，正没处放，老七接他来了。老六说："我捞下五六十斤鱼没处放哩。"老七是大脑袋，取下草帽，五六十斤鱼才放半草帽。两个搭回来，没柴不能烧来吃。老八是大脚，说："我前天在山上打柴，扎了一个刺，挑出来看行不行。"一挑挑出一棵大椿树。老三劈开，老九烧火。

鱼烧熟了。老九说："我先尝一尝熟了没。"老九是大嘴，尝了一口，五六十斤鱼，还不够塞牙缝子。气得老十哭了。老十是大眼，先哭，是蒙汁汁的雨，后边哭得成了"囫囵"雨。再后边发下大水，一下把万里长城给推走了。老妖秦始皇也被大水推到海里，喂了鲨鱼啦。[1]

在我国许多兄弟民族中间，流传着关于形体奇特、各有专长的"十兄弟故事"，他们齐心协力战胜强敌，获得

---

[1] 束为搜集整理：《水推长城》，张友编《水推长城》，吕梁文化教育出版社1946年6月；又见刘锡诚主编《中国新文艺大系·民间文学集》（1937-1949），中国文联出版公司1996年。

大快人心的胜利结局。它既滑稽荒诞、趣味洋溢，又饱含寓意。丁乃通先生在《中国民间故事类型索引》中，将其列为AT513型，称为"超凡的好汉弟兄"。这则汉族的《水推长城》即是代表之作。故事想象奇特，洋溢着积极向上的乐观主义精神。

十兄弟故事主要围绕"团结对敌"这一主线展开。这十兄弟各有自己的绰号，如顺风耳、千里眼、有气力、钢脑袋、铁骨尸等。在有的故事中，还有日行千里的"飞毛腿"，刀砍不入的"铁脖子"，能和飞禽走兽对话的"样样都懂"，能一口气把海水喝干的"肚皮包海"等。这些称呼代表了他们各自特殊的神奇本领，是人们针对反动统治阶级迫害劳动人民，镇压农民斗争的种种手段而想象出来的，因而他们在斗争中能够立于不败之地，使敌人无可奈何。

拥有超能力的十兄弟往往面对各种各样复杂的难题。如浙江湖州的《十兄弟》故事讲述，皇帝的金銮殿快造好了，但正梁怎么也上不上去，皇帝只好让人贴出皇榜，声称如果有谁能把这根梁上好，就有官加官，无官平地封官。

当十兄弟的老大轻而易举就把正梁稳稳当当上好后，皇帝却害怕大力气夺了他的天下，要加害于他。于是，众兄弟与之展开针锋相对的较量[1]。这则《水推长城》则是把历史上的秦始皇搬出来作为十兄弟的对立面。无论秦始皇怎么刀砍斧劈，水淹火烧，硬软兼施，都无法制服这十兄弟。故事的结局更为奇特，"大眼睛"老十因耍孩子脾气，同"大嘴巴"哥哥争鱼吃而气得哭起来，流下几滴眼泪，于是"发下大水，一下把万里长城给推走了。老妖秦始皇也被大水推到海里，喂了鲨鱼啦"。

十兄弟故事有着丰富的文化内涵，"一胎生十子"的母题是中国传统多子多福伦理思想的反映，整个故事对人的生命潜能的张扬揭示了人类一种普遍的生命意识。它深刻阐发了同心协力就能所向无敌的哲理，讴歌了中华民族所崇尚的集体主义精神。在景颇族十兄弟型的《孤儿娶公主》故事中，仗势欺人的国王老婆经过与五兄弟的激烈较量，遭到失败后，就自我感叹："唉！这些穷小子联成一气对付我，我是斗不过他们啦！"[2] 然而，一旦集体中出现不和谐

---

1 见浙江湖州编《湖州市故事集》，第616—618页，浙江文艺出版社1991年版。
2《中华民族故事大系》第10卷《孤儿娶公主》，上海文艺出版社，1995年版，第196—200页。

的因素，他们的斗争往往也会面临失败的结局，这种教训也极为深刻。流行于四川地区的汉族《三兄弟》故事，讲述三兄弟团结对敌取得阶段性胜利后，失败的魔王不肯罢休，让他的女儿变成一只美丽的斑鸠鸟，向三兄弟施行离间计，结果兄弟们听信谗言，各自争功，好分开居住。当魔王发动洪水时，他们再也不能各施所长，合力应对，最终被魔王害死[1]。这则故事从反面教训揭示了团结对敌的重要性，发人深省。"团结就是力量"，十兄弟故事是以口头叙事文学的形式阐释了这一朴素的哲理。

敢于反抗"皇权"的十兄弟故事，通过"艺术的夸张和虚构，概括了中国历史上农民起义风起云涌，掀天揭地的英雄气概，人们一方面借这些形象赞颂敢于反抗封建统治的英雄，表达自己乐观幽默、极端蔑视敌人的情绪，又强调了在斗争中取长补短、团结互助的重要性。"[2]

五、灰姑娘的故事

孔姬与蒎姬（朝鲜族）

从前，有这么姐俩，姐姐叫孔姬，是死去的前阿妈妮生的，妹妹叫蒎姬，是后阿妈妮生的。

说起这姐俩，姐姐孔姬不仅长得美，心眼儿好，手脚也勤快。妹妹蒎姬满脸的浅麻子，长得丑不说，心也坏，还懒得像头猪。

可是这个坏心肠的后阿妈妮，只把亲生的蒎姬当闺女，不把前妻留下的孔姬当人看。有好吃的尽给蒎姬吃，有好衣裳尽给蒎姬穿，有了累活却都让孔姬一个人干。还要随时变着法儿，捉弄孔姬。

有一回，阿妈妮吩咐两个女儿去铲地。可是地分的是两块儿，家什给的也是两样儿。蒎姬用的是把又快又好使的铁锄头，孔姬用的是又钝又不好使的锈锄头；蒎姬铲的是油沙地，孔姬铲的是石岗地。

孔姬铲啊，铲啊，手背上扎满了刺儿，手巴掌上磨出了血，铲了老半天，

---

1 参见天鹰《中国民间故事初探》，上海文艺出版社，1981年版，第192-193页。
2 刘守华：《中国民间童话概说》，第64页，四川民族出版社1985年版。

一块垅还没铲到头呢！孔姬又想起亲阿妈妮在世的日子，看看后阿妈妮这么狠心，禁不住伤心地哭了起来。

这时，忽然从天空飘下来一朵云彩，云彩上有头黑母牛。这黑母牛落地就帮孔姬铲地。只一眨巴眼的工夫，就把地铲得干干净净了。孔姬又惊又喜，正想好好谢谢黑母牛，不料它已登上云彩上天了。

后阿妈妮看见孔姬比葩姬回来得早，张口就骂："你这懒东西，准是没铲完地就蹽回来了！"

孔姬说："阿妈妮，那块地铲完了，不信你去看看吧！"

后阿妈妮不信，风风火火地跑到地里一看，地果真铲得干净利索，她心里好生纳闷儿。

还有一回，外村的一个亲戚家办喜事，捎信来让全家人都去。天还没亮呢，后阿妈妮就让孔姬起来做饭。她和葩姬又洗脸又梳头，又搽胭脂又抹粉。后阿妈妮和葩姬吃完了现成饭就上路了。临走，后阿妈妮让孔姬留在家里，还得做完了三样活儿后再跟上来。哪三样活儿？一是要顶水，把那大水缸盛满，二是要她把三大盆苎麻煮出来，三是要她把三大升稗子舂出来。这不是存心不让她去嘛！

孔姬拾掇完碗筷儿就顶水。顶了一罐又一罐，可是大水缸总也盛不住水。孔姬趴在缸沿上往里一瞧，那水缸底儿上有个窟窿，这水怎么盛得住呢！孔姬坐在门槛上伤心地哭了起来。

孔姬正哭呢。忽然，有一只癞蛤蟆，"扑腾""扑腾"地跳进了厨房，往大缸底儿一钻，把窟窿堵了个溜溜严。孔姬又顶啊，顶啊，不一会儿工夫就把水缸盛满了。

孔姬顶完了水，连歇都不敢歇就去煮苎麻。可是，湿柴火不好烧，点不着火干冒烟儿，那么多的苎麻啥时候能煮完呐？孔姬愁得又伤心地哭了起来。

这时候，从天上飘下来一块云彩，云彩上有头黑母牛。孔姬仔细一看，就是帮她铲地的那头黑母牛。它牛蹄子一落地，就去吃苎麻。它张着嘴"吭哧""吭哧"地往肚里咽，后屁股又"嗤溜""嗤溜"地往外冒。孔姬近前一看，这苎麻在牛肚子里一过，全都熟了，还直门儿冒热气呢！孔姬正想说声谢谢呢，黑母牛已经登上云彩，看不见它的影子了。

煮完了苎麻，孔姬又去舂稗子。她把稗子倒进木臼里，舂呀，舂呀。那又黑又亮又滑的稗子，像跳蚤一样，一春一跳，春了老半天，才春出一小把，这三大升稗子什么时候才能春完呀？孔姬又伤心地哭了起来。

孔姬哭着哭着，忽然听见"忽啦啦"一阵声响，只见铺天盖地飞下来一大群麻雀，只听见"叽叽喳喳"一片声响，不一会工夫，三大升稗子嗑出来了，那群麻雀又"忽啦啦"飞走了。孔姬抓起一把稗子一看，比人春的还干净呢！

只因上天帮忙，只消大半天工夫，孔姬就把三样活都干完了。她高兴地想赶到办喜事的人家去。她应该穿一身漂亮衣裳，穿着露脚尖的鞋子。她的眼泪又扑簌簌地流了下来。

孔姬哭着哭着，忽然觉得眼前一亮，她擦干眼泪一看，响晴的天空架起了一道彩虹，顺着彩虹轻飘飘地走下来一个仙女，她来到孔姬跟前微微一笑没说话，把衣裳脱巴脱巴就给了孔姬，还把那双漂亮的鞋子脱给了她。

孔姬恭顺地朝仙女鞠了一躬，一抬头，彩虹不见了，仙女也没影儿了。

孔姬把衣裳一穿，不长不短正合身。她把仙女的鞋往脚上一套，不大不小正合脚。孔姬本来就长得美，再配上这一身衣裙和鞋子，漂亮得就像春天里刚飞出来的花蝴蝶一样。孔姬高高兴兴地朝办喜事的人家走去。

走到半道，正碰上后阿妈妮和菹姬回来。她们看见了孔姬，起初还以为是天上的仙女下界了呢！哪想眼前打扮这么漂亮的竟是孔姬，后阿妈妮上前抓一抓孔姬的衣裳，问孔姬："这一身漂亮的衣裳是谁给你的呀？"菹姬哈下腰摸摸孔姬的鞋子，问孔姬："你是从哪儿得到这么一双好鞋子的呀？"

孔姬把实情全都告诉了她们。

后阿妈妮一听，肚子气得一鼓一鼓的，她寻思：我要整治这个死丫头，老天却偏偏成全她，为什么总和我过不去呢。哼！不行！后阿妈妮便硬说孔姬是在编瞎话骗人，菹姬也说孔姬是偷了人家的衣裳。她们当场就把孔姬的衣裳扒了下来。这还不算，又往大泡子边上拽孔姬，存心想把她淹死。这边把一只脚摁进水里了，菹姬忽然想起了那双鞋，把剩下的那一只赶紧扒了下来，接着，"扑通"一声，把孔姬推入了水中，她们抱着衣服和鞋子就蹽了。

就在这当儿，给国王当差的一帮人打这儿路过，听见呼救声，赶紧把孔姬给救了上来。

这帮当差的把孔姬救上来，把她那只鞋要了去，问她，还有一只呢？孔

姬说让她后阿妈妮给抢了去。当差的就把这单只鞋献给了国王。

年轻的国王拿到这只鞋一看，真是太漂亮了。他见到的鞋子何止千万双，可顶数这只鞋最美。他又听当差的说，穿这只鞋的主人更美，当时就派当差的去找这个姑娘，要娶她当王妃。

这当差的不知鞋的主人姓什么叫什么，更不知道她家住哪个村庄，只好挨村挨户地打听。

这天，当差的打听到孔姬家门口，后阿妈妮迎了出来。

当差的拿着单只鞋问她："这只鞋是不是你家闺女的？"

后阿妈妮一看是官家派人来了，一连声儿地答道："是的，是的。"

当差的又问："还有一只呢？"

后阿妈妮赶忙从柜子里拿出那只鞋交给了当差的。

当差的往院里一瞅，这家有一俊一丑两个姑娘。就问："这双鞋是哪个姑娘的？"

孔姬刚说："这是……"后阿妈妮赶忙把话儿抢了过来："这是……这是俺葩姬的。"说着把葩姬拽到了官差跟前。

当差的一看，不对劲儿！听说这鞋子的主人是一个很漂亮的姑娘，可这个姑娘咋还一脸浅麻子呢。是真是假穿一下就知道了。当差的就对葩姬说："这鞋子是你的，那你就穿给我们看看吧！"

葩姬拿过鞋往脚上一蹬，脚尖进去了，脚后跟儿还露着大半截呢。她想得倒挺美的，天生的一双傻大脚，能穿进去吗！

当差的一看就来火儿了，"噌"的一声把刀拔了出来，朝着后阿妈妮嚷开了："你这个女人，竟敢欺骗我们官差，快说，这双鞋到底是谁的？"

这下把后阿妈妮吓得魂儿都飞出来了，哆哆嗦嗦地讲了实话。当时孔姬拿过鞋子一穿，不大不小正合脚。孔姬当着官差的面又把那套仙女给的好衣裳要了回来。当着官差的面后阿妈妮敢不给吗！

孔姬换上了仙女的衣裙，穿上了仙女的鞋子，又配上仙女一样的容貌，跟仙女没什么两样，当时坐上官家的彩轿就走了。

后阿妈妮眼看着彩轿抬走了孔姬，又是嫉妒又生气，扯过葩姬就揍上了。揍她干啥呀？后阿妈妮的意思是说：谁叫你长那么一双傻大脚啊，要不万一当上王妃不说，我不是也能借上点光嘛！[1]

美国民俗学家斯蒂·汤普森认为："也许全部民间故事中最著名的要算灰姑娘故事了。"[2] 就记录形态而言，中国盛唐时期，段成式的《酉阳杂俎·叶限》是人类关于灰姑娘故事的最早记载。美国詹姆森在《中国的"灰姑娘"故事》中说："我所见到的中国最古老的这个故事的叙述是9世纪中叶段成式记载的，它比欧洲最早的记载还要早约700年。"[3] 不过，就世界范围内的读者而言，他们最熟悉的是德国格林童话中的《灰姑娘》，她受恶毒继母的虐待，整日在厨房辛勤劳作，"晚上，她工作得疲倦的时候，没有床睡觉，只得躺在灶旁的灰里。因此她总是满身灰尘，很龌龊"，人们便叫她"灰姑娘"。因此，这个流传于世界各地的故事也被称为"灰姑娘"故事。

这则《孔姬与菔姬》是由朝鲜族著名故事家金德顺讲述的优美童话。故事的主题是一个关于受虐待的女子最终获得爱情与地位。它的矛盾纠葛主要在后母与前妻的子女以及异母姐妹之间展开。前娘所生的孩子勤劳善良、聪明美丽，然而孤苦伶仃，备受欺凌。后娘的孩子则娇生惯养，懒惰自私，倚仗母亲的威势欺负姐姐。但是，姐姐却总能得到神奇力量的帮助，如黑母牛、麻雀、仙女提供的漂亮衣服和鞋子等。盛大的聚会为姐姐命运的改变提供了最大可能，也给故事情节的逆转以有力的推动。最终女孩通过"以鞋验婚"的方式，创造了迅速改变自己命运的奇迹。几乎每一个典型形态的灰姑娘故事都具有以鞋定情、以鞋验婚的母题，它的产生恐怕与传统婚俗不无联系，同时也增添了许多浪漫的唯美想象。

灰姑娘型故事的广泛流传，与灰姑娘命运的奇迹般变化有很大关系。受虐待女子最终命运的改变只有通过婚姻的完成才得以实现。从这个意义上说，灰姑娘型故事只不过是在男权社会中女性地位沦失的大文化背景下，女性希冀改变自己的地位而不得不取悦于男权文

1《孔姬与菔姬》，选自裴永镇：《金德顺故事集》第121–125页，上海文艺出版社1983年版。
2[美] 斯蒂·汤普森著，郑海等译：《世界民间故事分类学》，上海文艺出版社，1991年版。
3[美]R.D.詹姆森：《中国的"灰姑娘"故事》，中译文载钟敬文主编《民间文艺学探索》，北京师范大学出版社1987年版。

化的故事。故事中丈夫的身份或是王子、公子、王爷、状元乃至皇帝等，都是地位与金钱的象征，在叙事上也大都采取"落难女子与多情王子"模式。在强大的男权文化面前，女性地位的改变只有依照男权文化的价值观念和审美理想塑造自己的自然与文化属性。这一普遍的社会情绪一旦以某种为民众所易于接受的传播方式流传开来，故事就会广泛流传。中国的灰姑娘故事具有鲜明的民族文化特征，同时它又是一个在世界范围内广泛流传，具有深远影响的故事，时至今日。在世界范围内人们还常常把那些由平民嫁给王子或富豪而命运陡转的女子称为"灰姑娘"，英国的黛安娜王妃就是一个例子。

灰姑娘故事在世界上流传不衰的奥秘，似乎有两方面原因：一是由于继母虐待前妻子女这一人类劣根性的长期存在，千百年来人们便禁不住对这个在继母淫威下幸运生存下来并获得美满结局的女孩子寄予深深的同情；二是由于它虽作为一个美丽的幻想故事，可是通过曲折情节揭示出来的又是一条贯通古今的生活哲理——女孩子可以通过缔结婚姻，摆脱困境，转变自己的命运。

美国民俗学家詹姆森在《中国的"灰姑娘"故事》一文中说得好："灰姑娘故事的确是个好故事，因为它是一剂良药，是一剂精神和社会的良药"，"我们在世界各地发现了上千个灰姑娘的幻想故事，这些故事对于有着甜蜜梦想的羞涩少女们来讲是美好芬芳的。"[1]

六、青蛙丈夫

青蛙骑手（原文选摘）（藏族）

从前有一对老夫妻无儿无女，他们向神祈求，不久妻子怀了孕，生下来的不是婴儿，却是一只大青蛙。这是一只具有神奇力量的青蛙，它能说会做，在家里孝顺老人。一天，它来到头人家门前，要娶头人的女儿做妻子，头人不答应。青蛙一笑，地立刻震动起来；一哭，四周都涨出澎湃的洪水；一跳，便岩石乱飞、泥沙四溅。头人被吓晕了，答应把女儿许配给它。大女儿和二女儿都不愿意嫁给青蛙，只有善良的三女儿

1[美]R.D.詹姆森：《中国的"灰姑娘"故事》，中译文载钟敬文主编《民间文艺学探索》，北京师范大学出版社1987年版。

跟着青蛙回了家。

秋天来了，远处山上照例要举行每年一次的赛马会，依习惯几百里以内不论贫富，都要带上他们的帐篷和一年储蓄的粮食来参加。在那里烧烟烟¹敬神，跳锅庄，喝酒，赛马。年轻人还可以在那里选择各人相爱的对象。这次，当妈妈要青蛙也去，青蛙摇头说："妈妈，我不去，那里有翻不完的山，我走不去呀！"于是大家就把它留在家里，各自去了。

烧烟烟的七天中，最后三天是赛马，赛马开始以后，每天得到胜利的骑手，都有年轻的姑娘们跑上前去，围绕他们跳锅庄，并请他们走遍她们父亲、母亲和哥哥、兄弟的帐篷，去尝她们亲手酿成的坛子酒。

但第三天，最后几个得到胜利的骑手要决赛时，忽然从场外来了个青衣、青马的少年。他生得非常壮健标致，他的衣服用最华贵的绸缎做成，他的马鞍镶满了金银和宝石，他肩上挂了一支装饰着银和珊瑚的火枪。当他进场时，众人都回过头来看他。他进场要求和众人决赛，众人表示欢迎。决赛时他一点都

不慌忙，当青年骑手们已开始跑了，他才动手整理他的马鞍，然后从他们后面追上去。

当骑手们围着这宽广的大草场赛跑时，别的骑手只一心地伏在他们马背上向前跑，但这少年却一面跑着，一面在马背上装火枪，并向在高空盘旋着的鹰放了三枪，立刻击落了三只鹰。当跑到众人前面时，他还从马背左边跃下，摘下了几朵草原上长得最美丽的舍尔洛花向左边的人群丢去，又从右边跃下，摘了几朵紫色的银菊花，向右边的人群丢去；然后又骑着马飞跑。他的马在这绿色的草原上跑时，只见四蹄翻滚，像在云中飞腾一般，把众人都看呆了。他终于跑在所有骑手的前面，第一个到了目的地。

大家都在议论这位少年究竟是谁，姑娘也想知道。回到家里，大家想把发生的事情告诉青蛙，可是青蛙早就知道了。一连三次都是如此。姑娘起了疑心，她发现那个英俊的少年就是自己的青蛙丈夫。她偷偷把蛙皮烧了，希望可以和丈夫幸福地生活。谁知道青蛙丈夫却十分惊恐。

---

1 烧烟烟：藏语为"日瓦格达"，砍树枝烧烟，表示烧香敬神。

姑娘说："难道我做错了吗？这要怎样才好呢？"

少年说："不是你错，是我不谨慎，我想试试我的力量长成了多少，因此我才到赛马场去的。只是这样一来，我们得不到幸福，百姓也得不到幸福了。因为我不是普通人，我是地母的儿子撒尔加尔神的化身，等我长到力量够了的时候，我就要起来替百姓做事。要使人世间再看不见有钱人糟蹋穷苦人；要使人世间再看不见做官的人压迫百姓；要使我们这地方有条路到北京，北京有条路到这里，让汉人给我们粮食，我们给汉人牛羊。但现在我还没有长成，我的力量还不够，我还不能离开青蛙皮过夜，我还不能忍受夜间的寒冷。这样过夜，在天明以前，我是要死的。只有等我长成了，我力量够了，把百姓的事都做到，这里会变得异常温暖，那时我就可以不再在青蛙皮里过夜了。但是现在一切都太早了，我不能活下去，我必定要在今天晚上再回到'地母'——我的母亲那里去。"

姑娘听他说时，双目流泪，紧紧地抱着软弱万分的少年，心痛地说："我的丈夫啊！你千万不要死，你千万留下来，我相信你有能力活下去。"

少年看见姑娘哭得又哀切，又可怜，最后，才颤抖地握着她的手说："年轻的妻啊！你不要难过，你若要我活下去，目前还有一个办法，若办得到，我就可以活下去了。"少年用手指着远远的西方继续说："这只能看神的意志，凭神的允许了，你现在立刻骑上我那青色的马。它走得快，或者还来得及。它会带你到西方去。在西方一处红色的云里有一座神殿，你走进去，向神请求，用百姓的幸福向神请求，请他在明天天亮以前允许我们三件事：一件是允许我们这里从此没有贫富的分别；一件是允许我们这里从此没有官压迫百姓；一件是允许我们这里有条路到北京，北京有条路到这里，让汉人给我们粮食，我们给汉人牛羊。若神答应了，这里立刻可以变得温暖，我可以在青蛙皮外过夜，这样我就不会死了。"

姑娘立刻骑上青色的马走了。马走时，如腾飞在空中一样。她耳里只听见呼呼的风声，眼里只看见朵朵后退的白云。最后她走到一座四周都射出金色的太阳红光的神殿。她进去向神恳求。神为她的诚心所感动，就答应了她。

神向她说："姑娘，为你的诚心，你求的事都答应你。但你必须在天亮以前，把这三件事挨家挨户去告诉百姓，让百姓都知道，这三件事就应验了。而且，从此这地方不再寒冷，你的丈夫也可以在蛙皮外过夜了。"

姑娘心里欢喜，骑上马往回走，碰见她父亲立在官寨门口。姑娘把神的应允告诉了她的头人父亲，遭到父亲的激烈反对和坚决阻挠。她和父亲争吵了起来，这时鸡叫了。

姑娘看见天一亮，知道一切已经迟了，她急忙挽转马向家里赶。

走拢家时，只见爸爸妈妈两个老人，围着已经死去的少年在哭，妈妈正合着两手，口里不断念着"嘛呢"。

姑娘晓得一切都无效了，就伏在她心爱的少年的尸身上痛哭，口里喃喃地埋怨自己的父亲，也埋怨自己。

两个老人把少年的尸身抬去，埋在半山一个悬崖上。姑娘每日黄昏，都要跑到少年坟上去哭，口里反复数着她曾做错了的事。一天她在坟前忽然变成了一块石头，从此才再听不见她的哭声了。

这石头直到现在还在，它坚强地、勇敢地在那悬崖上兀立着，远远望去，恰像一个向远方祈求着什么的披发少女，她永无休止地在那里祈求着[1]。

现实的人兽婚恋是不可能的，文学中亦真亦幻的人兽之恋不仅大量出现，而且被描绘得神秘而美丽，令人心动。中国的老百姓似乎特别钟情于用文学的方式来叙说人兽婚恋的悲欢苦乐，"青蛙丈夫"就是讲述这类婚恋而具有代表性的故事类型之一。久婚不孕的夫妇生下青蛙，十分沮丧。但蛙儿来到人

1《青蛙骑手》，《藏族民间故事选》，上海文艺出版社1979年版，第289-304页。

间，具有人的思想情感和超人的能力。他帮助父母做事，以哭、笑、跳等方式威慑对方，或以解难题的方式娶到了善良美丽的姑娘。"青蛙丈夫"型故事就是这样以其鲜明的形象寄寓了深刻的思想内容。

这则《青蛙骑手》是一个古老而美丽的童话故事。这个故事最先由肖崇素采录发表，随后经著名作家老舍改编成童话剧而引起人们的注意。与其他"青蛙丈夫"型故事相比，这则西藏故事"将神奇与悲壮融为一体而形成独特的审美情趣与文化意蕴"[1]。

故事里的青蛙骑手和蛇郎一样，都是社会上被人歧视的卑贱者的形象，然而他们却有无穷的智慧与力量。不少故事异文中，青蛙出生后就能帮父母送饭、担水、犁地，更令人惊异的是青蛙的哭使"天昏地暗，电闪雷鸣，狂风大作，还下起大暴雨，洪水滚滚，波浪滔滔，皇宫内成了汪洋大海"[1]，"青蛙笑一声，太阳多一个；笑两声，多两个；越笑越多，晒得院内的石板火烫了，房内也快燃烧了"[2]。讨亲时，没有什么事能难倒他，

他理应娶到最美好的姑娘。故事里青蛙外形的小与潜在力量的大，外貌的丑陋与内在的美好以及青蛙家庭的贫贱与媳妇家庭的高贵与富有，这些夸张与对比手法的结合使用贯穿故事发展的始终，无疑对人物形象的塑造与思想内容的表达起到了积极的作用。

这则故事篇幅较长，情节结构起伏跌宕，思想境界远远超出一般爱情故事。青蛙骑手来到人间，不只是为了获得美好的爱情，还希望实现自己使人间变得温暖幸福的崇高愿望。只有人间变温暖了，他才可以不要蛙皮的保护而自由自在地生活。他个人的命运同整个人间的冷暖是密切相关的。然而他的崇高愿望无法实现。因妻子的偶然失误，破坏了他的美化计划，这只不过是人们的幻想。根本原因是故事里通过父女冲突所揭示的，社会上的反动阶级不允许改变这种不合理的旧秩序，因而造成了这一社会悲剧。《谈几篇藏族民间故事》的作者阿冰在评论《青蛙骑手》时说得很中肯："因为历史生活的实际情况恰恰相反，所以它的牺牲势所必然。这是

1 刘守华：《中国民间故事史》，第620页，湖北教育出版社1999年版。
2《青蛙伙子》，《中国民族故事大系》，上海文艺出版社，1995年，第340—346页。

主观无能为力的。这便使我们感到，这篇故事的真实性是相当强的。""女儿变成岩石了，这是她父亲的阶级造成的。这样的悲剧不可能不激动人心！她坚如磐石的决心是不可折服的，她希望青蛙骑手重新来到人间，改变旧有的生活秩序，这是藏族人民的宣言。"[1]

故事另一个突出特点是与当地风物密切相联，描绘了一幅幅富有浓郁民族特色的风情画。"于是这天赛马场上出现了一个最漂亮的小伙子。婆媳俩到场时，赛马已经开始，一个个骑着骏马的小伙飞一般奔驰在大草场上。青蛙的媳妇一看就被那个骑大白马跑在最前面的小伙子吸引住了，她想自己要是有这么一个丈夫该多好！"这一幅幅富有动感的风情画面，把听者带到了异域他乡，仿佛置身于风情万种的草海山寨之中，聆听动人的歌声，分享赛马胜利者的喜悦。故事与风物融为一体，让听者在现实与虚幻的交织中欣赏美景，体味人生。

七、狼外婆

狼外婆（汉族）

很久很久以前，在一个山脚下，有一片大桃园，桃园里住着一户人家。家里有一个老大娘和她的三个女儿。大女儿叫门闩，二女儿叫门鼻儿，小女儿叫刷子疙瘩。

有一天，老大娘对三个女儿说："今天是你外婆的生日，我要回去看看她，明天才能回来，你们在家看好门，天黑后不要乱跑，记着要把门闩好。"三个女儿都一一答应了。老大娘这才挎着刚摘下来的鲜桃，放心地上路了。

山背后有一个灰狼精，它看见老大娘挎着篮子向这边走来，馋得口水直流。于是，它就变成了一个老太婆，穿得很破烂，把唾沫抹在眼上，坐在那儿装作哭。老大娘走到这儿看见它，温和地问："老姐姐，你咋啦？"灰狼精带着哭腔说："我上闺女家去，走到这儿迷了路。我饿极了，你篮子里的桃让我吃了吧！"善良的老大娘也不知眼前的老太婆是灰狼精变的，就把桃子递给

1《民间文艺集刊》第一集，上海文艺出版社 1981 年版。

了它。大灰狼贪婪地吃起来，直到把最后一个吃完，突然说："大妹子，你看那边是什么？"老大娘刚一扭头，大灰狼伸出毛茸茸的爪子向老大娘的心窝抓去。把老大娘吃了以后，灰狼精又来到了老大娘的家里。

太阳坠下了山头，天渐渐黑了下来。门闩儿、门鼻儿、刷子疙瘩早早地喝了汤，正准备去睡觉，突然听见有人在敲门。门闩儿问："谁在敲门哪？"大灰狼说："是我，你们的外婆呀！"刷子疙瘩高兴地说："哦，是咱外婆来了。"说着就要去开门，门闩赶紧拦住了她。门闩又问："我妈今儿不是上你家了吗？"大灰狼说："我从这路来，她从那路去，我们没碰着面儿，快点开门吧。"刷子疙瘩说："真的是咱外婆来了。"说着就去开门，门闩一把没拦住，门被打开了。

大灰狼一踏进门槛，姐妹三个一看都惊呆了。只见"外婆"的手脚活像四个小簸箕，脸上长着一块块黑斑，身后还拖着一个毛茸茸的大尾巴，门闩悄悄对两个妹妹说："这不分明是只大灰狼吗？"刷子疙瘩好奇地问："外婆，你的手脚咋恁大呀？"大灰狼说："唉，外婆老了，走路不方便，在路上被摔了。"

门鼻儿又问："你背后那毛茸茸的东西是啥呀？"大灰狼说："我给你娘捎点儿麻，没法拿，就系在裤腰带上了。"门闩说："外婆，你跑了这么远的路，也累了，早点睡吧。"大灰狼上床睡觉去了。

半夜里，大灰狼到鸡笼摸来一只鸡，在被窝里"咔嚓咔嚓"吃起来。这声音叫三姐妹都听见了。门闩问："外婆你在被窝里吃的啥？"外婆说："我口渴了，吃个胡萝卜。"三姐妹都知道狼外婆在骗她们，都吓得不得了。门闩说："一会儿狼外婆也要吃我们，这可怎么办呢？"刷子疙瘩皱着眉头想了一会儿，突然高兴地说："哎，有了！"接着她把自己的想法如此这般地告诉了两个姐姐，姐妹三人都高兴地笑了。

门闩儿、门鼻儿爬上门前的一棵大桃树，刷子疙瘩搬来一罐香油，把桃树从上到下用油刷了一遍，然后门闩、门鼻儿用绳子把刷子疙瘩系上了树。事情办完后，三个人大声喊："外婆，快来呀，这儿真凉快呀！"大灰狼来到树下，说："你们都在哪儿呢？""在这儿呢！"大灰狼就抱着树往上爬，可是树上刷满了油，特别光滑，它怎么也爬不上去。门鼻儿说："让我把你系上来吧。"门鼻儿把大灰狼系到树半腰，猛一松手，大灰狼"咚"的一声摔在地上。大灰狼疼得大声嗥叫："死丫头，咋还坑外婆哩！"门闩说："门鼻儿没劲，让我系吧。"等系到树半腰，她又把大灰狼摔在地上。就这样，灰狼精活活地被摔死了。

姐妹三个就把大灰狼的尸体埋在这棵大桃树下。从此，这棵树结的桃子特别多，而且又香又甜。[1]

"做一个诚实的孩子"，你一定不会对这句话感到陌生。当我们年幼时，长辈们常常这样语重心长地教导我们。"诚实"成为孩子们需要遵守的行为规范，也成为他们衡量别人道德品质好坏的一个重要标准。然而有趣的是，一个天真的小女孩如实地回答了一只狼的提问，将外婆的住处告诉它，然后真诚地听取了狼的建议，去路边采摘鲜花送给外婆。可是她诚实的言行却遭来厄运，她和她的外婆都因此变成恶狼的美餐，这便是享誉世界的童话"小红帽"。美丽的童话总有个令人愉快的结局。在《格林童话》中，小红帽和外婆被路过的猎人从狼腹中救出，重获生命，恶狼的肚子因塞满了石头，倒地死去。尽管故事以善良者获救、险恶者受罚而告终，但是无条件的诚实可能带来麻烦，甚至引发灾难的事实却深深地震撼了儿童纯真的心灵，促使他们学会换一种眼光看待这个复杂的世界。

20世纪80年代的中国民间文学普查证实，"狼外婆"故事在我国南北各地、多民族民众中均有流传，是最为常见的一个故事类型，而且是典型的带有启蒙性质、用于教养儿童的家庭故事类型。我国以汉族为代表的民间家居习俗是以关门闭户的封锁式院套为特征的，在我国流传的多种"狼外婆"故事文本

1 白庚胜主编：《中国民间故事全书·河南·南召卷》，知识产权出版社，2011 年版，第 373-74 页。

中，许多故事要素都是为突出这一防范意识而设置的。如故事中几个（多为三人）小主人公的乳名明显昭示的"看守门户"寓意，正是为了强调并提醒孩子们从小就认识这些关锁门户的用具，掌握其功能与作用，强化防范意识。与其他欧亚民族的同类型故事相比较，此乃我国独有的故事要素。

故事叙事里有孩子们识别真假母亲的情节，这是故事教养功能的重要组成部分。如老虎精叫门时，冒充孩子妈妈，孩子们说："你不是我妈，我妈的嗓音不这么哑"；"你不是我妈，我妈手臂上没有那么多毛"；"你不是我妈，我妈脸上有个黑痣"；"你不是我妈，我妈今晚儿住姥姥家不回来"等等。这些提示都是在教化儿童如何识别坏人的伪装。

故事纵深阶段老虎精（或狼精）冒充母亲的种种骗术。如"嗓音儿哑是风大咳嗽哑的"；"身上不是毛，那是你姥姥送给我的皮袄，我反穿上了"；"两腿夹着的不是什么尾巴，那是你姥姥给我的一绺儿麻"；孩子们说妈妈脸上有黑痣，老虎精马上从枕头里抠出一粒荞麦皮粘在脸上充黑痣；孩子们要点灯，它把灯吹灭，说眼睛让风沙打了怕光；

当老虎精吃最小的孩子的手指时，其他孩子又问："妈妈你吃什么？"老虎精说："吃带回来的萝卜压咳嗽"等等。老虎精与孩子们所有的应答，都是以托辞谎言或伪装对孩子们进行的诓骗。故事反复地（或两段式或三段式）渲染老虎精欺骗孩子们并使之上当受骗的情节，就是要通过这些要素对孩子们的天真幼稚与轻信进行某种预警性的告诫，提醒他们对陌生的入侵者切莫轻信，保持高度的警惕性。

故事结局给我们提供了两种启示。一是无知幼稚的小弟或小妹由于轻信老虎精而被其吃掉；一是始终保持警觉的大孩子对老虎精由怀疑到识破其伪装，最后用智勇除掉了入侵者。两种态度导致两种截然不同的后果。这样，即使年幼的孩子也能牢牢汲取故事中的惨痛教训，能够辨明是非，增长一些人生的经验。

八、狗耕田

从前一户人家有弟兄俩，长到二十岁上下，都想各奔前程，便商量分家。家庭很穷，起眼的家产只有一条大牯牛，一条小黑狗。老大贪心，想独得牛，便说："兄弟，明天哪个起得早就分牛。"老实巴交的老二说："好的，哥说了算数。"老大欢喜得通宵没合眼，天麻麻亮，就牵牛走了。老二被竹林里的鹊雀吵醒起床，看见只有小黑狗拴在门口，叫了声："乖乖，今后你就跟着我过日子。"

老大有大牯牛，田犁得深，庄稼收成好，不愁吃和穿。老二用锄头挖田，土浅庄稼孬，顾得了吃，就顾不了穿。即使穷得揭不开锅，老二仍像对儿女一样对待狗儿，有一碗稀饭也要分半碗喂它。

过了一年，小黑狗长成大黑狗。老二对黑狗说："黑狗，我命苦你也跟着我受苦。你能出力帮我犁田，我吃上干饭，你也有干饭吃。"黑狗听了摇尾，好像说："好嘛。"老二蒸了一背箕包谷粑，驾起黑狗，甩一个粑粑到对面田壁；黑狗见到有粑粑吃，便使劲拉犁。半天就犁了一块田。刚要收工，一个卖绸缎的来到田边，见狗犁田感到稀奇，说："我在世上十八年，从没见过狗犁田！亲眼见你犁三圈，这担绸缎送你穿。"老二又下田犁了三沟，赢得了绸商一担绸缎。老二卖绸买肉，同黑狗打了个牙祭。

消息传进老大耳朵里，马上跑来对老二说："兄弟，我把黑狗让给你，它给你换来绸缎，可见哥哥我关照你呵！我也想穿件绸衫，把黑狗借给我犁几天吧。"老二说："哥哥要犁牵去犁就是了。"

老大驾起黑狗，甩了粑粑，刚犁了几犁，就见一人挑着一挑沉甸甸的担子过来，放下担子就说："今生今世十八年，从没见过狗犁田。亲眼看见犁三转，这担东西不上算。"老大犁过三转，过路人搁下担子走了。老大满心欢喜地打开包箩盖，却是鹅石棒，气得直顿脚："一心想得一挑绸，却得一挑毛石头！"满腔怒火朝黑狗身上发，举起了坨鹅石棒，几下就把黑狗砸死了。

过几天，老二来牵黑狗。老大说："你那黑狗可恶，不犁田，还咬我。我把它砸死了。这里剩了一碗狗肉，你端去吃。"老二端碗回家，对着狗肉哭了一场，哪忍心吃下肚呵！把肉装在小木匣内，到后园挖了个深坑埋了。不几天，狗肉坟上长出一株树，叫不上名字，可一天长几寸高，不到两个月，已长成枝繁叶茂的参天大树。一天，老二干活累了，爬上树乘凉，还依依不舍地想着大黑狗。忽然间风吹树摇，树叶落下，沾地就变成银钱。这一来老二又有钱买米买肉了。

老大听见了，又来对老二说："老二，我不打死黑狗，你哪来狗肉埋下地，变作摇钱树呐？可见哥哥多关心你。哥哥正缺钱用，快让我到摇钱树上坐一会儿吧。"老二说："哥哥要坐就去坐吧。"老大爬上摇钱树，心想多摇落树叶多得钱，把吃奶的力气都使出来摇树；哪知用力太大，把树枝摇断滚下树来，屁股落地，痛得他喊妈叫娘，摇落的树叶还是树叶，一片也没变成银钱。老大气得提刀砍断了树。

老二见树被砍，叹了两口气，砍了丫枝当柴烧。树叶烧的火老鸹，飞出屋檐变成了一只花斑雀。从早到黑，一大群花斑雀在老二房前屋后飞来绕去，像朝拜他一样。老二看见花斑雀没有窝歇宿，便编了一百多个篾竹笼，挂在门前竹竿上。一到天黑，花斑雀叽叽喳喳地飞进竹笼，第二天早晨唱着歌飞出来，每笼给老二留下几个蛋。

老大见老二每天捡一篓雀蛋，又眼红了，说："老二，不是我砍了那棵妖树，你哪来火烧树叶变成大群花斑雀？可见哥哥多么关心你呀。哥哥也想尝尝雀蛋滋味，把雀笼借给我用几天吧。"老二说："哥哥要就拿去嘛。"老大把百多个雀笼吊在门前，天挨黑，一群花斑雀通通飞进了笼子。第二天早晨，老大提了斗大一个箩筐去捡蛋，见每个笼子里除了几坨雀屎，雀蛋影影也不见。老大又气又怒，抓起一把石子，朝花斑雀砸去。花斑雀被激怒了，一窝蜂飞起来围着老大乱啄，活活把老大啄死。然后又天天围着老二的房前屋后飞，就像当年的黑狗不离房舍。它们发出的叫声，活像"老大报应，老大报应……"[1]

"狗耕田"故事是讲述旧时代兄弟纠葛的一个常见故事类型，它从两兄弟分家讲起，以弟弟分得的狗能耕田创造奇迹为核心母题，展开生动有趣的叙说。

故事中最新奇有趣的情节是狗能犁田以及由此而来的打赌致富。弟弟平时就喜爱家里的那条狗，当狗成为他在分家时得到的唯一家产时，人们很自然地希望这狗给小主人创造奇迹。在故事的古朴形态中，狗是作为"神奇的助手"出现的，它会拉犁耕田是不言而喻的事，

1 李穆南，郄智毅，刘金玲主编：《民间文学》，中国环境科学出版社，学苑音像出版社，2006年版，第142-145页。

但从现在人们口头记录的故事看，那条狗却是由聪明的弟弟用食物引诱来拉犁奔跑。这一"合理解释"显示出在现代文明冲击下人们观念的进步。关于同外来客人打赌的情节，在众多异文中有同官吏打赌的，弟弟获胜赢得银钱，哥哥打赌失败（那狗不听哥哥使唤）挨了一顿棍棒，看来这是较为古朴的一种构想。不过多数现代异文中都以商贩来扮演这个角色，有的是布贩子以绸缎来打赌，还有的以一船货物来打赌（故事场景在江河沿岸），或者以一担干咸鱼来打赌（故事场景在吃不到鲜鱼的山乡）等。小商小贩走村串户，足迹遍及穷乡僻壤，故事中给我们保留了这幅旧时代的风俗画。人们不是依赖神仙，而是巧妙地把这些商贩引进故事，渴望用外来财富改变主人公贫困不幸的命运。故事情节虽出于大胆虚构，从它的变异中却已经显示出了中国乡村开放的态势和乡民观念的进步。

"狗耕田"故事实际起因于父母去世后两兄弟对家产的争夺。兄嫂自私而又霸道，怕弟弟长大后要同他们均分遗产，便以"人大分家，树大分权"为借口，只分给弟弟很少一点财产，或干脆把他赶出家门，"分家分得一条狗"，只不过是一种带有象征性的夸张叙述罢了。人们同情年幼而又憨厚老实的弟弟，便在故事中让那条狗创造奇迹使主人公交好运；为了鞭挞邪恶的兄嫂，又相应地让他们在故事中吃尽苦头，现出丑态。"狗耕田"这类故事的产生，以及它在中国各族民众中的广泛流传，正是以上述社会制度和习俗的长期延续为背景的。在娱乐性的讲述活动中，故事发挥着对青少年的道德伦理教育作用。它不只是传播着兄弟要平等地均分家产的社会规范，而且将同情善良、鞭挞邪恶的思想深刻地烙印在孩子们的心头。

"狗耕田"故事就是在平时居住的空间范围之内，就那些日常生活事件展开大胆的幻想虚构，生发出使人惊叹感奋的奇迹。在鲜明对比中推进情节，将热烈的爱憎情感融合在滑稽诙谐的叙说之中，使孩子们听起来感到无比亲切，趣味洋溢。它的情节构成并不复杂，讲述者巧妙地采取一环紧扣一环的重叠连锁式结构，使散文体叙事中带有诗歌的节奏韵律，显得感情充沛，诗意盎然。总之，"狗耕田"故事不仅是在中国各族民众口头上具有广泛影响的故事，更是深受孩子们喜爱，由口头文学家艺术匠心锤炼而成的民间童话精品。

后 记

　　民间故事是一种奇妙的艺术。它们大都是劳动人民世代相传，在口头上经过千锤百炼的精美艺术品，不仅是他们丰富斗争经验与美好情操的概括，而且是他们卓越艺术智慧的结晶。以编撰《意大利童话》而蜚声世界文坛的意大利作家伊·卡尔维诺在该书中文版题词中写道："民间故事是最通俗的艺术形式，同时它也是一个国家或民族的灵魂。我热爱中国民间故事，对它们一向百读不厌。"

　　将我国各民族的优秀民间文学作品和中外民间文学的前沿发展，以通俗化、趣味性、寓教于乐的方式推介给广大读者，这使我们编写组兴奋不已，同时也感到肩上的社会责任之重。本编写组由华中师范大学刘守华教授担任主编，民间文学教研室的博士、硕士和访问学者参与编写。刘老师从1956年开始投身民间文学的研究，迄今在海内外各种刊物发表论文300余篇，出版学术论著10余种。自从接受刘锡诚先生的委托编写此书，刘老师就十分愉悦，他非常高兴能将自己钟爱的民间故事推介给广大的青年朋友。他多次组织召开编写会议，和我们一起讨论写作方案，并在实践的基础上，亲自拟定本书的写作体例。在写作的过程中，刘老师将自己30多年从事民间故事研究的心得体会和研究成果提供给我们参考借鉴，并逐一审读我们的稿件，悉心修改。尽管刘老师嘱咐我们不要提及他本人，但是，我们心里深知他给予我们不少真诚无私的帮助，同时也深切感受到刘守华教授的这份赤子之心和对民间文学的赤诚热爱！刘锡诚教授也给予了我们热情的帮助，他拨冗审读我们的稿件，亲自批阅，提出了许多宝贵意见，他的关心和帮

助给编写组以极大的鼓励！重庆出版社的李云伟老师为本书的编辑出版付出了辛勤的劳动，在此一并表达诚挚的谢意！

本书的编写体例是，首先为读者介绍民间故事的基本概况、梳理历史发展的源流、了解中西民间文艺学的前沿动态、描述故事家的表演活动和传承规律；然后逐一介绍各民间故事体裁，与前面的理论介绍不同，这个部分我们采取了以作品阅读和鉴赏为主导，将作品赏析与理论学习点面结合，撷采民间故事园艺中的芬芳花朵呈现在读者面前。具体分工为：第一章民间故事概说、第二章民间故事的传承由张晓舒执笔，第三章动物故事赏析由王源、胡咪执笔，第四章生活故事赏析由祝久红执笔，第五章幻想故事赏析由臧卢璐执笔，刘守华、张晓舒负责全书的统稿。

优美的民间故事是人们生活的忠实伙伴，是孩子们宝贵的精神食粮。它广泛又深刻地触及民众的生活与心理，展现出千姿百态的艺术价值与魅力。在人类历史长河中，民间故事悄然绽放，坚韧不摧，饱含哲理与诗意，滋润着人们的心田。在非物质文化遗产保护工作积极开展的今天，我们希望这本小书能够带给读者以丰富知识的同时，还有智慧的启迪和心灵的碰撞！

本书编写组